HAPPINESS IS
...

快乐就是
和孩子享受生活里的小幸福

ENJOYING SMALL HAPPINESS
IN THE LIFE WITH KIDS

饶雪莉 著

人民东方出版传媒
东方出版社

图书在版编目（CIP）数据

快乐就是……和孩子享受生活里的小幸福 / 饶雪莉著 . — 北京：东方出版社 , 2018.7
ISBN 978-7-5060-9154-1

Ⅰ . ①快… Ⅱ . ①饶… Ⅲ . ①散文集 – 中国 – 当代Ⅳ . ① I267

中国版本图书馆 CIP 数据核字 (2018) 第 133923 号

快乐就是……和孩子享受生活里的小幸福
（KUAILE JIUSHI…… HEHAIZI XIANGSHOU SHENGHUO LIDE XIAOXINGFU）

作　　者：饶雪莉
策 划 人：王莉莉
责任编辑：王莉莉　吴　第
出　　版：东方出版社
发　　行：人民东方出版传媒有限公司
地　　址：北京市东城区东四十条 113 号
邮　　编：100007
印　　刷：小森印刷（北京）有限公司
版　　次：2018 年 7 月第 1 版
印　　次：2018 年 7 月第 1 次印刷
开　　本：889 毫米 ×1194 毫米　1/24
印　　张：11.5
字　　数：65 千字
书　　号：ISBN 978-7-5060-9154-1
定　　价：46.80 元
发行电话：（010）85924663　85924644　85924641

序
最好的礼物

2004 年，我做了妈妈。

在这之前，对于做妈妈这件事，坦白说，我是很抗拒的。记得上学时在宿舍卧谈，我也曾信誓旦旦地告诉室友："我以后才不要生小孩儿呢！"

但是，我还是生了小孩儿。

幸运的是，她是个健康聪明的宝贝儿，我想这是上天给我最好的礼物。

我还记得，她出生那天，南方的小城出奇的冷。因为太冷，病房外的空调外机结冰了，空调没有效果，我盖了三床被子还是冻得发抖，眼泪止不住地往下流。

我先生拿着刀站在阳台上锉空调上的冰，在"欻欻"的锉冰声中，我看着小小的她睡在我的旁边，紧闭着双眼，粉红的小脸蛋，小塌鼻梁。我流着泪，一直看着旁边的这个小不点儿，心里荡漾着水一般的温柔。我想深深地记住她的样子，她是我的女儿，我们终于见面了。

先生让我闭眼休息，但是我总是忍不住睁开眼睛看她，很怕一闭上眼就会忘了她的模样。慢慢的，我感觉不那么冷了，心情也渐渐平复下来，再一次默默确认：我做妈妈了。

我给她起名"安朵"，是希望她像一朵花一样安安静静地绽放。但愿她的生命不张扬，不浮躁，单纯且快乐，聪明而慈悲。

然而，做妈妈并不是一件容易的事情。尤其像我这样内心一直像个孩子的妈妈，刚开始的时候，总是缺少耐心。也曾狠狠骂过安朵，最严重的一次，还和3岁的她打架，最后两败俱伤，我俩分别躲在房间里哭。

做妈妈的过程中，我也在自我修复、自我成长，慢慢地懂得了该如何去做一个妈妈。

安朵的性格和我有太多的不同：她从小喜欢拼图、画画、做手工，我从小喜欢玩洋娃娃、办过家家；她内秀，不爱表现自己，而我从小喜欢出风头；她看到感人的电视节目从不流泪，我却早已哭得稀里哗啦；她喜欢听动感的电子舞曲，而我偏爱柔软的慢歌……

我也逐渐明白，她就是她，我就是我，她虽然是我的女儿，但绝不是我的复制品。

我不能按照我自己的梦想去规划她的人生，她有选择自由生活的权利。而我，只需要温柔地陪伴在她身边，每一段微小的时光里，每一件平凡的小事中，我们在一起，就足够。

我一点一点地记录着和安朵在一起的小时光，不想错过任何刹那的美好。没想到，这一写，就是整整十年。我想这是我写得最久、最用心的一本书吧！没有华丽的辞藻，没有修饰的语句，透过这些零散的记录，沿着时光的脚步追溯我们牵手走过的路，一天天、一幕幕，仿佛还在昨天，但身边的小孩儿，已经从那个粉嫩的小丫头长成了清秀的少女。

我知道，终有一天，安朵会离开我，去追寻自己想要的生活。我只希望，多年后，也许是在落日的河畔，也许是在开满豌豆花的路边，也许是在汹涌的云朵下，又也许是在她为她的女儿扎马尾的瞬间，她回首童年，会发现，原来妈妈给她最好的礼物是——陪伴。

饶雪莉

目录
CONTENTS

蒙
0～3岁
初

童

4～6 岁

稚

童
稚

4～6 岁

探

寻

7～9岁

探

7～9岁

寻

成
长
10～12岁

成
长
10～12岁

0~3岁

蒙初

0~3 岁

陪伴是宠爱，给孩子最亲密的爱

　　孩子从出生到 3 岁之前，是安全感形成的关键时期。这个时期的孩子，尤其需要得到父母最亲密的爱。这种亲密是温柔的拥抱、温暖的凝视、耳边的轻声细语、哭泣时的轻拍爱抚……孩子得到充分的舒适与满足，才能对周围世界产生足够的信任与期待，建立起人生最初的幸福感。在 3 岁之前没有得到安全依恋关系的孩子，一生中都很难与他人建立深入而亲密的人际关系。

　　我庆幸，在安朵 3 岁前，我和先生一直在她的身边。我还记得她软软的身体躺在我怀里，带着婴儿奶香的味道；我还记得她第一次趴在床上叫"爸爸"，我和先生惊喜对望的兴奋；我还记得抓周那天，她飞快地抓起一张粉色的百元大钞，全家哈哈大笑的场景。当然，我也清楚地记得，她几个月大的时候，因为突发湿疹，脸上疙疙瘩瘩的，非常痒。我总是一遍一遍地对她说："宝宝，你不能挠脸哦，如果留下了疤，以后就不漂亮了。"她似乎听懂了我的话，真的很少去挠脸。每当早晨，我去上班的时候，在摇篮边看她，满脸湿疹的她对着我甜甜地笑，我很心疼，却无可奈何。

　　她的到来，带给了我为人母的喜悦与担忧，这种喜忧交织的心情也让我真正体会到："父母"两个字，并不简单。

　　安朵没有上过任何早教班，一是因为那时的早教班并不像现在这样成熟与规范，二是因为在我看来，只有父母才能真正了解自己的孩子，懂得孩子的发展需求。那时候，我每天下班回家，总是第一时间抱抱她，和她聊天，陪她玩她最喜欢的彩色卡片或玩具。这种陪伴，对大人来说，有时会觉得累甚至有些无聊，需要足够的耐心。但是对孩子来说，她在熟悉的环境里，有熟悉的人在身边，玩熟悉的重复的游戏，这种牢固的安全感会深深根植在她心里，成为她一辈子的记忆。

我认为，最好的早教就是给孩子最安全的环境和最亲密的陪伴。

这一时期的孩子，需要各种类型的玩具，玩具的选择是父母必修的一项功课。玩具并不是越多越好，越贵越好，而是在保证安全质量的前提下，精挑细选。通常来说，3 岁前的孩子，喜欢颜色鲜艳、声音悦耳、造型精美的玩具，如：彩色卡片、拨浪鼓、八音盒、各种颜色和质地的球、可捏响的塑料玩具等等。会独立行走后，孩子还可以拉着一些同时发出音乐或模拟声响的玩具行走，如电动芭比娃娃、会叫的小汽车等等。当然，不同的孩子对玩具有不同的喜好，比如安朵，从小就不喜欢玩芭比娃娃这种类型的玩具，她 3 岁前，最爱的玩具是各种各样的拼图、积木。后来我观察，她比较喜欢能动手操作的玩具，于是，我也会尽量给她挑选这一类的玩具。

和很多妈妈交流时，我发现一个有趣的现象，就是 0 ～ 3 岁的孩子，通常都会有特别中意的一个玩具或物品，经常重复地玩，甚至要抱着它一起睡觉等等。其实，这种行为也是孩子对于安全感最初的自我建立，除了家庭和父母以外，孩子还喜欢依靠熟悉的喜欢的事物来让自己处于安全的环境下。安朵 3 岁前，特别喜欢一个很舒服的小枕头，随便去哪里都要带着她的小枕头，我们也很尊重她。忘了哪一天，突然，她就不再依恋了。所以，如果孩子出现这种行为，不必干涉他，随着孩子年龄的增长和家庭的持续稳定，孩子会自然放弃这种行为。

孩子在 3 岁前所经历的一切，就像血肉一样长在脑海里，影响他未来的成长。所以，千万别相信孩子在 3 岁前没有记忆！这关键的 3 年，是孩子与父母建立良好依恋关系的 3 年。最初的幸福感带给孩子的不仅仅是舒适与满足，更是长大后健全的人格发展。如果这一时期，孩子在稳定的家庭环境中长大，并且得到父母亲密的陪伴与关爱，成年后，他的适应能力、社交能力、心理承受能力等会远远超过未曾建立良好依恋关系的同龄孩子。

重视孩子的 0 ～ 3 岁，给孩子最亲密的爱，是他一生幸福的开端。

和孩子一起看天空的颜色

天空真干净　2岁

　　傍晚，抱着两岁的安朵出去散步，微风吹拂，湿润的空气中飘着淡淡花香。抬头望去，天空蓝得清透，没有一丝杂质，让人身心愉悦。我指着天空对安朵说："宝贝儿，看，清澈蔚蓝的天空！"安朵仰起小脸，望向天空，片刻，感叹道："妈妈，天空真干净啊！"

　　天空真干净！没有华丽的辞藻，没有动人的形容，只是干净。在孩子心中，一切都变得如此简单。

　　还记得那首歌叫《天空的颜色》："疏离的城市和轻狂的年少／苦的甜的只有自己知道／有一个声音不能忘掉／还记得外婆对我轻轻唱／孩子不要忘记了／人间的遭遇有它的规则／有一天当世界都变了／别忘记天空原来的颜色。"是的，天空本无色，它原本就是干净的。

很久很久以来，我们已经疲倦于高楼耸立的城市之间，不妨带着孩子在清晨或傍晚，在晴天或雨天，抬头望一下头上的天空，无论你是快乐还是忧伤，都会发现，近在咫尺的美丽，原来只在抬头之间。

鸟儿飞过的天空是什么颜色？

大雨淋湿的地面是什么颜色？

风吹过的梦境是什么颜色？

你的心是什么颜色？

在冬天吃一盒冰淇淋

冬天是冷的，冰淇淋也是冷的　2 岁

安朵从小就喜欢吃冰淇淋，但因为她小时候有过敏性哮喘，我们不敢多拿冰淇淋给她吃。那年冬天，看到商场里卖冰淇淋，她对我说："妈妈，我想吃冰淇淋啦！"

"不行，哪有冬天吃冰淇淋的，小朋友都是夏天吃冰淇淋！"我严肃地说。她一本正经地问我："妈妈，那冰淇淋是冷的吗？""当然是冷的！""冬天是冷的吗？""是啊！""那冷的时候吃冷的，冬天就该吃冰淇淋呗！"她理直气壮地说。当时她才刚刚两岁吧，竟然让我无言以对。

是啊，谁规定冰淇淋只是夏天的最爱？冰淇淋本来就是冰的，只有在冬天吃冰淇淋，才能吃出冰淇淋的真正味道，才有最痛快的释放！于是，我和安朵瑟缩着脖子分享了一小盒冰淇淋，每吃完一口，我们都会吐着白雾相视一笑，那沁透心扉又甜蜜无比的感觉，

真的很难忘!

你尝试过和孩子在冬天一起吃冰淇淋吗?如果还没有,那一定要尝试一下,赶紧去寻找一款你们最爱的冰淇淋吧!

静静地陪着孩子

我会一直在你身旁 2岁

有一段时间，我因为出差较多，回家又要忙于写作，陪安朵的时间并不多。作为妈妈，我深感愧疚，朋友安慰我说，孩子3岁之前没有记忆。我也用这一点来宽慰自己，但愿如此。

有一次出差回家，我有些疲累，坐在沙发上看电视。沙发前放着安朵的小餐桌，两岁的她坐在小餐桌前吃芝麻糊，她稚嫩的小手捏住勺子一勺一勺地舀起芝麻糊往嘴里送。吃了一会儿，她突然放下勺子，回过头看着我。

"干吗，宝贝？"我问她。

她什么也没说，伸出小手抓过我的手贴在她粉嫩的小脸上轻轻挨一下，绽开一个甜甜的笑脸，又转身埋下头继续吃芝麻糊。再过一会儿，她又回过头伸出小手抓过我的手贴在她的小脸上轻轻挨一下……

妈妈给我买了好多玩具陪我玩。

小狗陪我玩"看医生"，

小熊陪我唱歌，

小兔子陪我跳舞，

可我最想妈妈陪着我、抱着我。

如此这般，一次又一次，她似乎在确定妈妈在身后陪着她。哪怕不说话，只要妈妈陪着她，她就是安全的、幸福的。

泪湿的我在那一刻决定，不管孩子3岁前有没有记忆，我都要重新规划我的时间，我要尽可能地多抽时间陪在她身边，哪怕就是这样静静地陪着她，这一刻，我是她全部的依靠。她不必反复确定我的存在，或者担心我又突然地消失。

宝贝儿，妈妈会一直在你的身旁，只要你回头，总能看到我的笑脸。

鼓励孩子大声唱歌

混唱歌手　2岁

安朵突然爱上了唱歌，家里开始不得安宁。每天安朵都要自己打开音响，取出话筒，从《青藏高原》唱到《走进西藏》，从《死了都要爱》唱到《离歌》，飙高音时还用力握紧拳头举上头顶，一家人的心都跟着她的表演提到了嗓子眼儿。

前些天爷爷抱着安朵看大吊车，教了安朵一首歌："大吊车，真厉害，轻轻地一抓就起来！"

这天，奶奶又教安朵唱京剧："我家的表叔数不清，没有大事不登门，虽说是，虽说是亲眷又不相认，可他比亲眷还要亲……"

我下班回家，听说安朵会唱京剧了，很是惊喜，拍着手说："宝贝儿，唱段京剧给妈妈听！"

安朵大方地走到客厅中央，挥舞着小手开始演唱："我家的表叔数不清，没有大事不登门。虽说是，虽说是亲眷又不相认，轻轻地一抓就起来……"

这……呃……好像有点儿不对劲哦！

我放声唱歌，
只因我喜欢。
我的心中藏着一只小鳄鱼，
你可千万别低估我的能量。

听孩子讲故事

永远讲不完的故事　2岁

　　夏天的午后，我和朵爸陪着安朵在床上玩耍，两岁的安朵不时自言自语，似乎是在念儿歌，又似乎是在讲故事。

　　"朵朵，你是在讲故事吗？"我问安朵，她认真地点点头。

　　"那讲个故事给爸爸妈妈听吧。"我说。

　　"好吧，朵朵讲故事。"安朵拍着手爽快地答应后立刻讲起来，"有一天，有一只青蛙去山上找小鸭，小鸭里面有个石头，石头里面有个怪物，怪物里面有个青蛙，青蛙里面有个小鸭，小鸭里面有个石头，石头里面有个怪物，怪物里面有个青蛙……"

　　安朵讲得有滋有味，绘声绘色，我和朵爸趴在床上，听得昏昏欲睡，这故事咋这么像"山上有座庙，庙里有个老和尚"呢？

坐在爸爸肩上看世界

豌豆公主　2岁

清明节，带着安朵去扫墓。南方的清晨，太阳戴着丝巾，洒出的光线细腻又柔和，广袤的田野间，空气清新而湿润。

"妈妈，我走不动了！"两岁的安朵开始撒娇。

"来，坐爸爸肩上来！"朵爸背对安朵，蹲下身子，安朵熟练地爬上了爸爸的肩膀，朵爸站起来，高高地举着安朵，欢呼着朝前跑去，安朵雀跃地挥舞着双手，欢快地笑着。

我远远地看着他们父女俩，突然想到一句广告语：小时候，父亲是山。

"妈妈，妈妈，花花！"

安朵指着路旁的小花，大声呼喊我。

那是家乡常见的豌豆花，粉嫩的花蕊，乳白色的花瓣，像是浸泡在牛奶里的幼桃，又像是婴儿粉嘟嘟的小脸。花开得不多，但这儿一丛丛，那儿一簇簇，像星星似的点缀在绿叶之中，若不仔细看，竟很难发现。其间还零星地结出几个嫩绿色的豌豆荚，形状弯弯的，像天边的月牙，特别惹人怜爱。豌豆花的生命很脆弱，花茎很细，也容易折损，它们生命的最大意义就是要留下延续它们生命的种子，并在这过程中尽量享受生命的快乐。

被爸爸举在肩上的粉色小公主，也是我们生命存在的最大意义，她此时那么娇小，那么可爱。她也会像豌豆花一样，一点点打开白色的花瓣，在阳光下盛放；然后，继续延续新的生命……

不、不、不……

妈妈："朵朵，你好乖。"

朵朵："不乖。"

妈妈："你很漂亮。"

朵朵："不漂亮。"

妈妈："我是说你的衣服很漂亮。"

朵朵："衣服也不漂亮。"

妈妈："那你很丑。"

朵朵："不丑。"

妈妈："不漂亮也不丑，那你怎么呢？"

朵朵："不怎么。"

让浴盆成为孩子的乐园

这种感觉是不是叫孤单　3岁

　　安朵是小不点儿的时候，我最喜欢给她洗澡，每次洗澡之前，我都会告诉她："我们去水上乐园玩喽！"

　　"哇！"每次，她都会兴奋地尖叫，迫不及待地跳进浴盆享受奇妙的泡泡之旅。

　　这时的安朵是超级可爱的，被泡泡包裹住的身体犹如一团棉花糖，她的情绪会调动到最积极的状态，乐意和我玩各种游戏，唱歌、猜谜语、词语接龙、打泡泡战……玩累了，我让她躺在浴缸边上，她大叫着："妈妈，我好像在海面上漂浮哦！"我轻轻地擦拭着她的身体，读一首儿歌或者讲一个温馨的小故事，然后把她洗干净，用一条温暖的大浴巾将她紧紧包裹，抱出浴盆，亲亲她粉嘟嘟的小脸颊，整个奇妙的泡泡旅程就此结束了！

　　安朵一天天长大，积累的词语也渐渐丰富起来。有一次，洗完澡的她坐在浴盆里玩，久久不肯起来。我催促着："大冬天的，会冷，宝贝儿，赶紧起来吧！"只见她抱着双膝，乖乖地坐在盆里，下巴抵着膝盖，仰起小脸问我："妈妈，这种感觉是不是就叫孤单？"

也许在小小的她看来，一个人的感觉就是孤单吧。我用大浴巾裹住她，轻轻地抱着她，说："'孤单'的确是这种感觉！但是你并不孤单，因为我们都陪着你，不会让你感到孤单的！"

当我孤单的时候，
只要闭上眼睛，
小小的天地，
就可以变成大大的乐园。
紫色的帆船，可爱的小黄鸭，
吐着泡泡的金鱼……
都是我的好朋友。

和孩子角色互换

"不是我"　3岁

安朵喜欢爬上高高的楼梯，回头对大家说："看，我是一只小天鹅。"

安朵喜欢吹着肥皂泡泡，在泡泡中欢呼："瞧，我是一只小鲤鱼。"

安朵喜欢挥动双臂，一边飞跑一边喊："我是一只小小鸟。"

有时，在大家吃饭时，她会突然爬到餐桌下，调皮地说："我是一只小狗狗。"

我喜欢把安朵打扮得像个小天使，而我就是制造天使的魔法师。

我喜欢在安朵调皮的时候瞪着她，瞬间变成一只凶狠的"大灰狼"。

我喜欢带安朵去看所有新奇的事物，为她推开一扇扇神奇的大门。

当她在成长的每一天带给我惊喜的时候，我都会像一个小小孩儿般睁大眼睛，大声说："哇！"

有一段时间，安朵严肃地告诉别人："我的名字改掉了，叫'粉嘟嘟'。"当她闯祸的时候，我问她："是谁做的？"她说："是粉嘟嘟，不是我。"我终于明白了她改名字的原因，是为了找个角色替她背黑锅。于是，我假装狠狠地打了她的屁股，她问我为什么打她，我说："打你的是坏妈妈，不是我。"

老——

朵朵："妈妈，我可以叫你'老婆'吗？"

妈妈："朵朵，你不该叫妈妈老婆，你爸爸才能叫我
　　　老婆哩！"

朵朵："那我叫你老——什么呢？"

妈妈："叫老妈吧！"

朵朵："叫爸爸老爸，对吗？"

妈妈："对啊！"

朵朵："叫奶奶老奶，可以吗？"

妈妈："凑合吧，也行！"

朵朵："那就该叫爷爷老爷啰！"

朵朵："老爷——"

4～6岁

童
稚

陪伴是探寻，带孩子探寻各种未知

4～6岁是孩子在"自我意识"发展上最重要的阶段。这一阶段的孩子，智力发育最快，对世界的好奇心也最强。因此，激发孩子在这个阶段的创造力与想象力，培养他们对学习的兴趣是父母陪伴的关键点。如果父母方法得当，可以培养孩子一辈子受用无穷的自主学习能力。

安朵在这个年龄段，开始"研究"我的化妆品，开始思考青草的味道为什么和茶叶的味道相同，开始喜欢独立阅读，也开始喜欢和大人顶嘴，强调自我的重要性。

有一段时间，我接她放学回家的路上，她总不走寻常道，偏偏去走道路边上的花台或者窄窄的石阶。我怕不安全，最初硬要牵着她、哄着她走寻常道，可是最后，她偏偏要挣脱我的手，倒回去重新再走一遍她喜欢的路。我这才意识到，她的自主意识增强了，我只有在保护好她的前提下，尊重她的"独立选择"。但是，我也会很认真地对她说："朵朵，如果大人不在身边，你不能选择不安全的道路，这样会有危险。"

果真，危险就出现了。

有一天，安朵在姨婆家玩耍，从床上栽了下来，前额重重地碰到坚硬的地砖上，额头立即肿起了一个大青包！而我们大人，居然没有一个有经验去做紧急处理，这时候应该立即给她冰敷，帮她减轻痛感，再带她去医院。可是我们潜意识里都觉得不会太严重，用最土的办法，在她的额头抹上了一些猪油。没想到，之后的几天，那个青包越来越大，导致安朵半个额头都是肿胀的。青包里的瘀血开始顺着安朵的鼻梁蔓延，她的脸颊变得青一块紫一块。走在路上，好多路人都会回头看她一眼，说道："这小孩摔得多惨啊！"

每每想起这件事，我总是万分后悔，因为安朵的额头上永远留下了一个印迹。我也想用这个惨痛的经历提醒大家，在孩子 4 ～ 6 岁这个阶段，对于孩子的安全，一定要倍加谨慎。

活泼好动的特点在四五岁孩子身上表现得尤为突出，不少家长都抱怨孩子这时很不听话，很调皮，很难管。但从另一方面看，正是"活泼好动"锻炼了他们的身体，增强了他们的活动能力，扩展了他们的视野。此时的他们不光问"是什么"，还要问"为什么"。问题的范围也很广，上至天文地理，下至花鸟鱼虫，无所不包。他们不仅希望得到父母的解答，同时还想通过自己实际的尝试去发现问题的真相。因此，我们更要抓住孩子头脑最为灵活的这一时期，在加强孩子的安全教育的前提下，充分保护孩子的求知欲和探索心。不要因嫌麻烦而拒绝回答孩子的提问，不要对孩子拆卸玩具、撕破书籍等行为进行简单粗暴的训斥，而应该正面引导孩子："你为什么这样做？"了解他行为背后的动机，支持他的探究行为，采取宽容的态度，并给他更正确的建议。

我们家的"艺术墙"上安朵手绘的飞行棋棋谱，她讲的天马行空的故事、自编自唱的歌曲，她对音乐、美术的热爱都是在这一时期出现的。

这一时期，孩子不再满足于简单的吃喝玩乐，他们已经进入幼儿园，开始与外人接触交流，开始尝试各种各样的活动，接受各种各样的新知识、新刺激。世界就像为孩子敞开了一扇扇未知的大门，吸引着他去推开，去探寻其中的奥秘。

带孩子找到阅读的乐趣，带孩子与大自然亲密接触，带孩子观察各种植物和小动物的成长，带孩子慢慢找到自己的兴趣所在，引导孩子如何与老师同学相处，让孩子发现自己的优点，都是这一阶段最重要的陪伴要素。

父母还要注意的是，这一阶段的孩子已经初步形成了自己的性格特征。对人、对己、对事物，开始有了相对稳定的态度和行为方式。有的孩子热情外向，有的孩子胆小羞涩，有的孩子活泼可爱，有的孩子敏感脆弱……对于孩子最初的个性特征，父母应当给予充分的尊重和理解。不必强求自己的孩子必须与你期望的性格一致，每一个孩子都是独一无二的个体，就好比你小时候喜欢布娃娃，但你的孩子小时候却可能喜欢小汽车。从孩子离开妈妈身体的那一刻起，孩子就是独立的，有着属于自己的人生轨迹，没有理由要求孩子变成你或者你期待中的那个小孩。

就像安朵在这一时期，总会对我说："我不喜欢这样，我为什么要这样做呢？我为什么要像你呢？"

我也总是无言以对。

试用化妆品

长大是多大呢 4岁

我下班回家，看见安朵的两个眼圈黑黑的，像大熊猫一样。我吓了一跳，问她："你抹了什么？"她冲进我的卧室，拿着一支睫毛膏出来，对我晃晃说："这个！"

我哭笑不得，赶紧帮她把脸洗干净，然后带她到我的梳妆台前，给她讲每一种化妆品的不同用法，并让她都尝试一下。

"睫毛膏是用来刷在睫毛上，让睫毛变长的，不是抹在眼圈周围的。"我告诉她。她拿起睫毛夹问我："那这个呢？"

"这是睫毛夹，让睫毛变翘。"

"我以为是让眼睛变大的，我撑了一下，好疼啊！"她耸耸肩膀。我倒吸一口冷气，还好我及时回家发现了，要不，这丫头不知还会玩出什么花样！

了解了每种化妆品和化妆工具的用途后，安朵问我："妈妈，我什么时候才可以用这些东西啊？"我告诉她："你长大了以后就可以用了。"

　　"长大是多大呢？"

　　"18 岁以后吧！"

　　"为什么 18 岁以前不能用呢？"

　　"因为这些东西都含有化学成分，你现在用的话，会伤害你娇嫩的皮肤，会提前衰老的。而且，小朋友不化妆会更漂亮哦！"

　　"哦。"她若有所思地点点头。

　　从这以后，她再也没有动过我梳妆台上的化妆品。

18 岁到底有多远?

是不是到了那天,

我就可以戴上亮晶晶的项链,

抹上红红的唇彩,

还有 还有,

把睫毛变成蝴蝶的翅膀,

忽闪忽闪……

雨后，闻一闻青草的味道

爸爸不用买茶叶了　4岁

　　一场大雨过后，空气特别新鲜，我牵着安朵走在回家的路上。她突然停下脚步，问我："妈妈，你闻到青草的味道了吗？"我顺着她的目光看去，道路旁的绿化带里长了许多青草。当然，也许之前它们本来就在这里存在，但我从来没有留意过。此刻，雨水让它们看起来丰沛而饱满，绿意盈盈，甚是可爱。我停下脚步，蹲下来深深呼吸。哦，天哪，那是一种怎样的味道啊！虽然只是一丝淡淡的、清新的草味儿，竟让我一下子神清气爽，仿佛置身于绿色的森林，而身边的安朵，穿着小白裙子，清亮的双眼望着我，就像落入凡间的精灵……她学着我的模样，耸着小肩膀，闭着眼睛，深呼吸了一口气，说："青草的味道和爸爸喝的茶叶的味道一样，要不，我们摘一些回去，爸爸就不用买茶叶了。"

尝一尝雪花的味道

雪花像冰淇淋　4 岁

安朵 4 岁那年，南方的小城突然下起了罕见的大雪，那是她第一次看见真正的雪，这简直令她欣喜万分。

早晨，我送她去幼儿园，朵朵洁白的雪花从茫茫的天际无声无息地飘落，星星点点地化在地上。不一会儿，雪花越来越多，越来越密，成了鹅毛大雪。在风的吹动下，一团团，一簇簇，铺天盖地。刹那间，天地相接，融为一体，像一个纯白的童话世界。

安朵挣脱我的手，跑进纷纷扬扬的雪花中，雪花霎时落在她的脸上、身上、睫毛上，她仰着小脸伸出舌头舔着雪花。

"妈妈，你尝，雪花的味道像冰淇淋呢！"

我也跟她一样仰起脸伸出舌头，雪花落到我的舌尖，转瞬即化，但那份清凉的感觉

雪花凉凉的，
冰淇淋也是凉凉的，
冰淇淋就是天上落下的雪花，
加上风的柔软，
花的香甜，
飘到小孩的唇边。

却一路滑到心底，仿佛是大自然美妙的恩赐。

到了幼儿园，和安朵告别的时候，我发现她紧紧地攥着拳头。

"宝贝儿，你拿着什么东西？"

她轻轻摊开手掌，整个小手冻得通红，掌心里有一团未完全融化的雪花。她笑着说："我带到班里请小朋友吃冰淇淋！"

引导孩子画个一比一的自己

另一个自己　4岁

我说："小朋友不能吃太多冰淇淋哦！"

安朵站直身子，一挺胸脯骄傲地说："我是大朋友，你看，我好大嘛！"

爸爸说："大朋友就该自己走路，不要大人抱了，该自己睡觉，不用大人陪了。"

安朵又站直身子，并拢脚尖一本正经地说："我是小朋友，你看，我好小嘛！"

有一天安朵突然问我："妈妈，我到底有多大？"

我让她躺在一张大大的画纸上，她乖乖地躺在那里，一动不动。我拿着一支画笔围着她的身体画了一圈。

"好，看看你有多大吧。"

她迅速爬起来，回望自己身体的轮廓，用小手捂着嘴巴，兴奋地叫道："哇！这么大啊？"

"可是你还没有眉毛、眼睛、鼻子、嘴巴……"我将画笔递给她，希望她能把这个一比一的自己变得更完整。

　　安朵趴在自己的"身体"上，认真地画了起来。

　　大大的眼睛，长长的睫毛，粉红的脸颊，还扎着两个翘翘的马尾。她把自己画成了她所有画中同样的女孩儿模样。画完后，她笑着看我，希望得到我的肯定。我发现她和我小时候画人物一样，总会忘记画人物的耳朵。

　　我很肯定地点点头，然后问她："是不是还少了什么？"

　　她盯着纸上的小女孩儿看了一会儿，迅速在小女孩儿的脸庞两侧分别画了一个半圆。

　　这个一比一的小女孩儿就像是安朵的姐妹，安朵围着她跑了一圈又一圈，对她说话，对她唱歌，甚至趴在地上想拥抱她。那一刻，我真的觉得安朵需要一个伴儿，即使我们再爱她，但儿时的玩伴是成人永远无法替代的。

和孩子一起锻炼

8圈 4岁

带安朵去广场上玩，为了让她锻炼身体，我说："朵朵，我们围着广场跑几圈呢？"

她挺起胸脯说："跑8圈吧！"

"好啊！8圈。"我开心地拍起手，带着安朵围着广场跑起来。

一圈，两圈。

可是才跑到两圈的安朵突然就停下了脚步，站在原地，不愿意跑了。

"咦？不是说好跑8圈吗？"我边跑边鼓励她，"来，动起来，继续跑"。她原地不动，反倒对我招招手，示意我过去。

我跑到她身边，她捡起地上一个石子，在地上画了一个圈，又在这个圈的下面画了第二个圈，两个圈紧挨着，组成了一个"8"字，然后，她振振有词地解释道："妈妈，没错，我说跑8圈啊！你看，一个圈，两个圈，连起来，不就是8圈了吗？"

和孩子在被窝里玩游戏

充满想象力的被窝　4岁

在被窝里也可以玩游戏？当然!

当我和安朵钻进被窝，我们的被窝就开始充满了无穷的想象力，它也许是一座神秘的古堡，也许是一个幽静的山洞，也许是野外搭建的帐篷，也许是外太空的星球……

确定了我们所在的"位置"，接下来，我们就尽情演绎其中的角色。

如果安朵是困在古堡里的公主，我就是英勇拯救她的骑士；如果安朵是智慧的侦探，我就是狡猾的嫌疑人；如果安朵是旅行家，我就是她的最佳拍档；如果安朵是外星人，我就是"研究"她的科学家……

没有剧本无须彩排，所有的对话都可以即兴发挥，每次，我都会和安朵笑到岔气，笑到泪奔!

献 花

朵朵:"妈妈,以后你结婚我要给你献花!"

妈妈:"我若结婚了,那你爸爸怎么办呢?"

朵朵:"爸爸结婚,我也给他献花呗!"

让孩子享受不睡时光

一晚不睡又如何　5岁

"这么晚了，快上床去睡觉！"

"我不想睡！为什么你们大人想什么时候睡就什么时候睡，我们小孩儿就必须要按规定时间上床睡觉呢？"

安朵反问，我想了想，觉得她说得有几分道理。不睡就不睡吧，一晚不睡又如何？

"今晚你可以不睡，你自己计划一下如何享受你的不睡时光吧！我反正要去睡了！"我打着哈欠走进了卧室。

也许安朵一个人待在客厅感觉害怕，过了一会儿，她悄悄地溜进了我的卧室。我装作睡着了不去理她。她也以为我睡着了，动作很轻。我眯缝着眼睛偷偷观察她，她玩了一会儿电脑，吃了几块小饼干，翻了一会儿故事书，甚至还安安静静地坐在飘窗上看了一会儿天上的星星。她似乎坐上了一辆自由的火车，穿过神秘的隧道，到达了从未去过的地方。

夜越来越深了，终于，安朵蹑手蹑脚地爬上床，趴到我的身边，用手指来拨弄我的睫毛。我轻轻抱着她，她很快就闭上了眼睛，唇角还带着甜蜜的微笑。我为她盖上被子，亲吻了她粉嫩的脸颊。

黑暗中的我，
像被点了魔法的精灵。
穿梭于绿野，游走在森林，
微风侧耳轻拂，
雪花滑入脖颈。
只要心中有一束光，
黑暗，
也就无所畏惧。

给孩子创意的空间

我家有面艺术墙　5 岁

自从看了电视台播放的《艺术创想》栏目，安朵便喜欢在家里进行自己的艺术创想。有时，她在纸上作画，画好了用胶水贴在墙壁上欣赏；有时她在吹胀的气球上作画；有时她把两个空饮料瓶口对口地用胶带绑在一起玩耍；有时她把水装进塑料袋里捣鼓，不知道是在做什么实验。我总是在一边默默地观察她，揣测她的小脑袋瓜里究竟想着什么。只要她没有危险的举动，我通常都不会打搅她，随她各种"折腾"，好在我不是一个特别爱整洁的妈妈，也一直认为太过整洁的家养不出有想象力的小孩儿。

周末的早晨，我因为前一晚加班，起来得较晚，坐在沙发上喝咖啡。安朵坐在沙发前的小凳子上，回过头望着我调皮地一笑，然后用手指指我身后的沙发墙。我蓦然回头，惊讶得捂住了嘴巴。天啊！整整一面原本素净的沙发墙上贴满了一排排的剪贴画：星星、小房子、圆球、花朵、拐杖、小汽车……还有很多我根本看不懂的图案，五彩缤纷，出现在我眼前，颇为壮观。我惊讶的并不是安朵能画出这么多各式各样的图案，也不是她能用透明胶把它们一个一个地贴在墙上。我惊讶的是她一个人要用多长的时间，花多少心思，才能完成画画、涂色、修剪、排列、粘贴这一系列的工作。我似乎看到5岁的她光着脚丫站在沙发上，对着沙发墙精心布置。

"哦，简直太美了！"我由衷地发出感叹，并问她："宝贝儿，你一定累坏了吧？"

"是啊，妈妈，我现在手也疼、胳膊也疼、屁股也疼。"她撒娇道。

后来，家里有客人来访，总会对这面沙发艺术墙大为惊叹，有人赞美，也有人无法理解我们对安朵的纵容，我总是一遍一遍地对大家解释："这是我家小女的艺术创想，家里没有人敢去破坏，因为艺术都是应该被尊重的。"

艺术都是应该被尊重的。

对着树洞说话

把秘密装进树洞　5岁

　　带安朵旅游时，在旧时的宅院里，遇见了一棵古树。粗壮的树干，茂密的枝叶，白色的小花一簇簇地藏在枝叶中，散发着淡雅的清香，让经过树下的每一个人都神清气爽。

　　安朵驻足在它脚下，仰着头仔细观察着它。

　　"妈妈，它有多少岁啊？"

　　"至少上百岁吧！"我说。一棵古老的大树，往往成就一道岁月的风景，多年来，它定格在那里，迎风候雨，默默注视着这一片天地的变化。它的身上，写满了历史的厚重与沧桑；斑驳的树洞，装下了多少人内心的倾诉。

　　我拉着安朵的手，靠近树洞，对她说："很多人喜欢把自己的秘密讲给树洞听，树洞是最忠实的听众，你如果有秘密也可以告诉它。"

"那妈妈你离开一小会儿，我悄悄对它说哦！"

我点点头，离开了大树，远远看着安朵双手抱着大树，对着树洞说话。一阵微风吹过，细小的花瓣撒落在她的头上和白裙子上，这情景，仿佛一幅素洁淡雅的水墨画。

如果你愿意，

让树洞倾听你的声音，

它会全心全意包容你，

你无须压抑更不必隐藏自己。

我有一个秘密，

用最轻最轻的声音，

说给树洞听。

用喜欢的方式亲子共读

你读故事我猜名　5岁

5岁前的安朵，只喜欢听我给她讲故事，拒绝独立阅读故事书。一天晚上，我翻开一本故事书，对她说："我们今天来玩一个游戏，妈妈给你讲一个故事，但不说故事的名字，你听完故事后，看你能不能猜到故事的名字。"

"好啊好啊！"她立刻拍手赞道！

于是，我声情并茂地讲了一个小故事，她听完后一下子猜出了故事的名字，颇有成就感！

"现在，换你来给妈妈讲故事，我来猜名字。"我将故事书递给安朵。她欣然接过，一篇篇翻着故事书，嘴里还念叨："我要找一个难一点儿的故事，不好猜名字的故事。"

她讲的故事果真"难"住了我，我猜了好久都没猜出正确的名字，看着我冥思苦想的模样，她得意极了。

　　之后的好长一段时间，安朵对于"你读故事我猜名"这个游戏都乐此不疲。有时，假如我没空陪她玩，她也会独自趴在小床上看故事书。这时候的她，特别可爱，温暖的灯光下，她晃动着小脚丫，一手拿着酸奶，一手翻着故事书，我虽看不到她的表情，但我能感到她的内心是平静而满足的。

走过落叶铺成的地毯

有一天，你也会等我吧　5岁

秋天，走过一条小路，铺满落叶，像金黄色的地毯。安朵蹦蹦跳跳地走在上面，不时回头微笑着对我说："妈妈，妈妈，踩着好舒服！"

穿着高跟鞋的我，一步一步踩在落叶上，一阵清脆的声音从脚下响起，好像一首悦耳动听的小令。

"妈妈，你要像我这样跳起来，跑起来！"安朵在这条路上来回奔跑着，欢呼着。秋风吹来，道路两旁的树叶打着旋儿地坠落。

"妈妈，你的头发上！"安朵突然哈哈大笑地奔向我。

我用手一摸，原来有一片叶子落到了我的头发上。是一片泛黄的心形叶子，在我的手心，它轻轻地颤动着，像蝴蝶的翅膀，在夕阳的余晖中闪着金色的光。

叶子的离开，

到底是风的追求，

还是树的不挽留？

这对我是太高深的问题。

我不想知道。

我只知道，

叶子能在我的脚步下，

奏出美妙的音符。

"真漂亮！"

安朵将叶子捏在手中，挥舞着，又朝路的尽头奔去。

我看着她小小的身影，在落叶上跳跃，离我越来越远，有一天，她也会如树上这些小小的叶儿，离开我的怀抱，飞向更广阔的天地。而我，将再也跟不上她的步伐，唯有这样远远地注视着她，用目光追随她。

"妈妈，快！"

安朵站在路的尽头朝我使劲挥手，我点点头，快步向前。

或许，也不必这么伤感，哪一天，她走累了，也会停下来等我的吧！

淋浴时大声歌唱

一首无限循环的歌　5岁

　　和安朵一起淋浴时，我喜欢大声歌唱！因为在浴室里唱歌确实很好听，浴室的墙壁、地板能制造出混响的效果，在淋浴时，喷头喷出的水珠溅落下来，形成最自然的伴奏。

　　据说，淋浴时大声唱歌还能促进身体释放"内啡肽"，从而产生一种快乐与幸福的感觉，帮人们减轻压力。所以，不管我的心情如何，我都要唱出来，至于唱得好不好听，跑没跑调，是否窜改歌词，我才不管呢！

　　我替安朵抹上馨香的沐浴露，揉搓着她身上的泡泡，高声唱道："我的心里只有朵没有他。"

　　安朵将她身上的泡泡抹下来又涂在我的身上，很自然地接唱：

"我的心里只有妈没有他。"

"我的心里只有水没有泡。"

"我的心里只有奶没有糖。"

"我的心里只有灯没有光。"

…………

往往这样，一首歌可以无限循环。

静静享受一个温暖的午后

两只慵懒的猫　5岁

一个舒服的午后，阳光暖洋洋的，却不灼热，柔柔地洒在身上。

我和安朵逛完书店，随意找了一家露天的咖啡馆，各自点了一杯喜欢的饮料，然后，像两只慵懒的猫咪舒舒服服地待着。我看书、听音乐、欣赏树下星星点点的阳光……安朵则待在一旁，看漫画、做手工、吃零食……没有目的，什么也不必安排，在这静静的午后时光，时间似乎也慢了下来。

"妈妈，我觉得我们真浪漫。"安朵突然望着我，甜甜地说。最近这段时间，这小家伙很喜欢用形容词了，比如，她很难受，会说很郁闷，没事儿做会说很无聊，逛完街回家，她会倒在沙发上无力地呻吟："我快枯萎了。"

"你知道什么叫浪漫吗？"我问她。

"浪漫就是两个人在一起很幸福的感觉哦。"她托着下巴说。

偶尔一次恶作剧捉弄孩子

手指遥控器　5岁

我和安朵坐在沙发上看电视，她想换频道，到处找遥控器。

"妈妈，遥控器呢？"她问我。

其实遥控器就在我的左手下压着，可我突然想逗逗安朵，于是，我得意地说："要什么遥控器，我用手指也能换频道。"

"不可能！"站在我右边的安朵望着我嘻嘻笑，一副不相信的样子。

我举起右手，伸出食指，对着电视机一点，频道真的换了！再点，频道又换了！安朵张大嘴巴难以置信地望着我，问："妈妈，你怎么做到的？"

我故弄玄虚地说："因为我有特异功能啊，我一发力，电视机感应到我的热量就可以换频道了，特异功能也许能遗传，要不，你也试一试。"

安朵学着我的样子举起手，伸出食指，对着电视机一点，果真，频道换了！再点，频道又换了！这时，她不得不相信了，看看手指又看看电视，似乎在想是什么原因。我努力忍住笑，她完全没想到，是我的左手在配合她的动作偷摁遥控器！

晚上，安朵拿着遥控器跑到我身边，噘着嘴巴对我说："妈妈，我知道下午你在骗我，我的手指已经不能换频道了，你根本没有特异功能！"

我哈哈笑后，告诉了她我是怎么做的，我说："也怪你自己观察不仔细啊，有时候看事情不能只看表象，要留心观察才能发现事情的真相。"

小鸟的宝贝

朵朵："妈妈，我考你一道脑筋急转弯的题，我自己发明的。"

妈妈："好啊！"

朵朵："小鸟的宝贝叫什么名字？"

妈妈："小鸟的宝贝就叫鸟宝宝呗！"

朵朵："错。"

妈妈："那叫什么呢？"

朵朵："小鸟的宝贝叫鸟儿。"

妈妈："……"

时间的河流，
有我心爱的小船。
心爱的小船，
挂着洁白的云帆，
飘呀　飘呀，
飘向遥远的天边。

让孩子重温你的童年时光

用狗尾巴草做一只小动物　5岁

　　和安朵在郊外散步，突然看见了狗尾巴草，毛茸茸地摇曳在风里，仿佛调皮的小狗在抖动着尾巴。想起童年时的我和小伙伴，没有什么玩具，就喜欢用这些狗尾巴草来编织各种各样的小动物。我弯下腰摘了几根狗尾巴草，对安朵说："妈妈给你编一只小兔吧！"

　　安朵也跟着我摘了几根狗尾巴草，说："我也编。"

　　可是，我却突然忘了怎么编小兔，狗尾巴草被我扯断了好几根，还是没有成功。

　　"妈妈，你看！我编的小狮子！"

　　倒是安朵很快编好了一只惟妙惟肖的小狮子，扬在我面前。

　　"唉！妈妈都不会编了。"我叹口气说。

　　"妈妈，我教你吧！"安朵见我沮丧的表情，对我说。我重新摘了几根狗尾巴草，跟着安朵学习编小狮子，看着她黑幽幽的双眼、专注的表情，灵巧的手指在狗尾巴草中穿梭，额前的刘海儿在风中轻轻地飘动，我恍惚看到了童年时那个玩狗尾巴草的自己，隔着长长、长长的时光，这是多么奇妙的重叠。

出差时保证电话连线

手绘飞行棋棋盘　5岁

　　每次出差，再忙再累我也会保证每天晚上和安朵通一次电话。通常接通电话后，我会问她："朵朵，今天有什么开心的事儿吗？"她总是会"嗯嗯"想一下，然后和我分享。

　　"妈妈，今天我想和爸爸玩飞行棋，可是发现飞行棋的棋盘找不到了。"有一次，她故作懊恼地对我说。

　　"啊？那怎么办呢？"我问。

　　"后来，我自己画了一个飞行棋的棋盘！"她接着开心地讲。

　　"是吗？你也太厉害了吧！能给妈妈看看你画的棋盘吗？"

　　"可是怎么看呢？你都不在家。"

　　"你用爸爸的手机拍照给我看啊！"

"好的！"

　　一会儿，我的手机里就传进了一张图片，棋盘是在黑色的卡纸上绘制的，多种颜色的线条，复杂交错，每个交叉口还有各种不同的图案，是棋子停留的空间。和真正的棋盘相比，完成度极高。我很惊奇，5岁的安朵能凭着记忆手绘出这样的棋盘，孩子的想象力和模仿力真的不容小觑。我赶紧存下这张照片，并且给安朵回复了一个"大拇指"，说："棋盘很漂亮，我很喜欢，等我回来和你一起在这个飞行棋盘上下棋哦！"

记录秋天的云

每一朵云都是一首优美的诗　6岁

秋天，是云彩的魔幻季节，阳光并不刺眼的时候，我喜欢带着安朵去郊外的草坪，铺上毯子，摆上干粮，和她一起并肩躺下边聊边吃，边看天上的云。云并不是老老实实地待在那里的：有的时候云走得很快，像被风追赶一样；有的时候云动得较慢，但形状在不断变换。这一刻还是一只温顺的小绵羊，下一刻就变成了凶猛的狮子，明明是一团团大大的棉花糖，转眼就变成了层层叠叠的海浪了。我用手机拍下了这变幻无常的云朵。安朵则趴在毯子上，拿着画笔，把云的模样记录在了画板上。

每一朵云都可以成为一幅独特的画，每一朵云都可以成为一首优美的诗。

给孩子独处的时光

起床，不想让你知道　6岁

安朵是一个从不睡懒觉的小孩儿，有时周末的早晨，甚至比上学起得还早。

安朵早起，从不叫我，一个人穿好衣服跑进客厅看电视，而且还把电视的音量调到最小。我有时觉得愧疚，会对她说："你起来就叫妈妈呗！"她却从来不这样做。

一个周末的早晨，天才蒙蒙亮，蒙胧中，我看见安朵从床上坐起来。我装作不知，眯缝着眼睛观察她。只见她轻轻地穿好衣服裤子，轻轻地下床，站了一会儿，然后蹑手蹑脚地走出房间。她的房间正对着我们的房间，或许怕惊动我，她走过我们房间的时候像小猫一样，一边注视着还在"沉睡"着的爸爸和妈妈，一边溜向了客厅。

见到她这副小心翼翼的模样，我差一点儿就笑出了声。于是我再也睡不着了，在床上翻来覆去好一阵后，我装着打哈欠走进客厅，看到安朵，我依然像往常一样惊讶地问："咦？你什么时候起来的？我怎么都不知道啊！"她有几分得意地对我说："为什么要让你知道？我就喜欢早晨一个人待着。"

闭上眼睛感受周围的事物

不一样的感受　6岁

　　有一次，安朵让我闭上眼睛，我乖乖地照做。然后，我感觉到一个毛茸茸的东西在我脸上摩挲，我吓得尖叫着跳开。睁眼一看，原来是我平时最喜欢的那只毛绒小熊。

　　"吓死我了！"我抚摸着胸口说。

　　"妈妈，你不是最喜欢它吗？我只是想和你玩闭上眼睛猜东西的游戏，有这么可怕吗？"安朵用毛绒小熊摩挲自己的脸，似乎在验证它的可怕程度。

　　是啊，这是我经常抱在怀里玩耍的玩具，为什么在我看不见它的时候，会如此害怕？

　　很多时候，我们也许太过依赖自己的视觉，而忽视了其他的感官。我们常常只相信自己眼睛看到的，以为那才是真实的，当我们看不见的时候，我们就失去了安全感，内心产生了自我防御。其实我们看不到的东西，它也真实地存在，时刻包围着我们。

镇定下来后，我说："这真是一个有意思的游戏，我们继续吧！"

我再次闭上眼睛，放下警惕，用触觉去感受安朵挨在我脸上、放在我手心的每一件物品。

木制小梳子、沙发靠垫、陶瓷水杯、小小的钥匙扣……每一件物品，在我的触摸下，从未知到清晰，似乎都有了它特别的气息和温度。原来我不用眼睛，也可以感受它们、"观察"它们，那真是一种美妙的感觉。

正当我为自己猜中了一件物品而沾沾自喜时，忽然，一股幽幽的臭味钻进我的鼻子，我揉到一团热乎乎软绵绵的东西。安朵嘻嘻的笑声在我耳边响起，我睁开眼睛，原来是她的臭袜子，我将臭袜子扔向她的头顶，也禁不住大笑起来。

做孩子的保护神

妈妈守护你　6岁

一天大半夜，安朵突然出现在我的床边，我一惊，坐起来问她："怎么啦？宝贝儿？"

"妈妈，我房间里有蚊子，我已经被叮了好多包。"安朵边挠边哭。我打开灯，果真看见她的脸上、手臂上都留下了大大小小的包，惨不忍睹。我把她抱在怀里轻轻地说："别哭了，妈妈给你搽药。"搽完药，我带她回房间，她怎么也不敢睡了，睁着眼睛盯着天花板找蚊子。说来也奇怪，我家住在 19 楼，又装有纱窗，平时从没有过蚊子，这蚊子从哪儿冒出来的呢？

"快睡吧！有妈妈在，蚊子不敢出来了。"我安慰她，想让她赶紧入睡。她摇摇头说："妈妈，我怕，它肯定还在房间里。"

安朵话音刚落，我俩几乎同时发现了天花板正中一个黑乎乎的影子，一个胖胖的蚊子贴在那里。我俩禁不住相视而笑，但又不敢笑太大声，怕把蚊子吓跑了。

"你先盯着它，我去找工具。"我嘱咐安朵，然后轻轻溜进厨房拿了一把长长的拖布。

安朵见我拿着拖布蹑手蹑脚地走进房间，笑得更欢了，她捂着嘴巴抽动着肩膀对我点点头，示意蚊子还在原地。我轻轻地举起拖布，对准房顶的胖蚊子使劲戳去，可是蚊子反应极其灵敏，瞬间就飞走了。

"这狡猾的东西！"我说道。

"妈妈，它在那里！"安朵指挥我。

我再次举着拖布袭击蚊子，但又被它逃脱了。

"妈妈，你再'快狠准'一点！"安朵站在床上，一边帮我找蚊子一边给我支招，之前被蚊子叮咬的委屈和恐惧似乎都烟消云散了。

"在那里！"

亲爱的宝贝，睡吧！
星星、月亮都跟你做伴。
亲爱的宝贝，睡吧！
妈妈就在你身边。

"在那里！"

……

几个回合后，我们还是没有成功制服那只狡猾的胖蚊子，我放下拖布，靠着安朵说："你快睡吧，妈妈在你旁边守护着你，蚊子不敢再来咬你了。"

安朵乖乖地躺下，抱着我的胳膊甜甜地进入了梦乡。而我继续环顾四周寻找那个可恶的吸血鬼。

鼓励孩子尝试一种新运动

妈妈教你　6岁

　　我是一个没有太多运动细胞的妈妈，但我希望安朵能多运动，所以在她很小的时候，我就带她去滑冰、跑步、跳绳、游泳……对于她不会的运动，她也总是充满了好奇心。有一段时间，她非常想打羽毛球。虽然我的羽毛球技艺也很一般，但是我自信地对她说："行！妈妈教你！"

　　于是，每天傍晚，我和她拿着羽毛球拍去小区的广场练习。起初，因为她不会打，只要看到有人经过，她就放下球东张西望或者停下来故意跟我说些废话。我知道一向爱面子的她是怕别人看出她不会打球，但是我没有拆穿她，静静地等着人走过后，和她继续练习。

　　慢慢的，安朵能接到一到两个球了，但她还是不满意自己的表现，总是一副很沮丧

孩子学会的越来越多，

孩子在一天天长大，

孩子终有一天会超越我们。

但无须害怕，

我们只需陪着孩子，给她鼓励。

的模样。我安慰她："你已经很不错了，我以前学打羽毛球的时候，还不如你呢！"

在我不断的鼓励下，她渐渐能和我打上几个回合了，每一次，我们都会为多打一个回合而击掌庆贺。因为有进步，她越学越有劲，每天傍晚，只要不下雨，她都会拿着羽毛球拍对我说："妈妈，我们去大战几个回合吧！"

经过一段时间的训练，安朵的羽毛球水平和我旗鼓相当了，她再也不用担心有人经过了，甚至在有人经过的时候，她还能表现出高超的球技。

那些傍晚，我们大汗淋漓，畅享着羽毛球带来的快乐，直到夜色四起，借着微弱的路灯寻找羽毛球的轨迹。

"妈妈，我的身体还剩3格电，你还剩几格电？"每一次，安朵这样问我的时候，我就知道她已经累了。

"我还剩4格电。"

"那我们把电打完就回家充电吧！"她快乐地说。

　　现在，安朵已经不再热衷于打羽毛球了，也许是因为没有挑战了吧！前几天，她又告诉我，她想学骑自行车，虽然我骑自行车的水平实在欠佳，但我也自信地点点头说："好啊，我教你。"

找一个忘记烦恼的方法

跟烦恼 "say goodbye"　6 岁

　　下班接安朵回家，因为工作上遇到一些不顺心的事情，我一路沉默着。安朵拉拉我的手问："妈妈，你有什么烦恼吗？"为了不在她面前表现出不悦，我强颜欢笑说："没有啊，妈妈很好，没有什么烦恼。"安朵抬起头，望着我，一副不相信而又担心的样子。她接着说："妈妈，有烦恼是很正常的事情，你要是不愿意说出来，我告诉你一个排解烦恼的方法吧。"我好奇这个 6 岁的小丫头会有什么排解烦恼的方法呢？于是就说："真的吗？说来听听，等我下次有烦恼的时候可以学学你的方法。"

　　安朵示意我蹲下，附在我的耳边，有些神秘地说："你可以把你的烦恼悄悄写在一张纸条上，不要让别人看见。然后把这张纸条埋在一棵大树下，接着跟那张纸条 'say goodbye'，这样你的烦恼就不见了，你的心情就会好了。"她还说："我有一次就是这样做的！不过有些字我还不会写，就用拼音代替的！这个方法是我发明的哦，很有效，不信，你可以试试看！"

我听完大吃一惊，惊讶于这是一个6岁孩子说的话，更惊讶于小小的她竟然也会有自己的烦恼！那一刻，我完全忘记了工作上的不顺，转而问她："宝贝儿你有什么烦恼呢？可以告诉妈妈吗？"她笑着跑开了，阳光折射在她的脸上，融出淡淡的光晕，让她看起来像一个发亮的小糖人儿。她边跑边说："其实我已经忘记了，因为我已经跟烦恼say goodbye了！"我跑上前追到她，牵着她说："宝贝儿，你的方法很好，不过我想我暂时不需要了，因为你是妈妈的开心果，有你在身边，妈妈什么烦恼都不见了。"

告 别

妈妈:"妈妈明天要出差了,你在家要乖乖的。"

朵朵:"知道了。"

妈妈:"要听爸爸的话,平时要多喝水,少喝冷饮。"

朵朵:"知道了。"

妈妈:"遇到困难要自己先想办法解决,解决不了才请大人
　　　帮忙⋯⋯"

朵朵:"妈妈,为什么你说得好像你要死了似的⋯⋯"

经历一次未知的冒险

"飞越太空山"　6岁

在我们家有一张我张着嘴巴、面目狰狞、头发乱飞的照片，那是在香港迪士尼乐园留下的纪念。每当看到这张照片，我总是忍俊不禁。

安朵6岁的时候，我和朵爸第一次带她去迪士尼玩。因为是第一次，所以一走进那个缤纷梦幻的童话世界，我们都兴奋不已，各种项目都想尝试一下。

我们来到一座蓝色的城堡前，看见很多人走进去，我问门口的工作人员："孩子的身高可以玩这个吗？"工作人员看看安朵，热情地点点头，示意我们朝里走。

带着期待和好奇，我们开始了漫长的排队。好不容易排到了跟前，看到了一辆类似"太空飞船"造型的车，从上面游玩下来的人都拍着胸脯，脸上露出各种奇怪的表情。我顿时预感有些不妙。可是，车门已经打开，一排坐两人，安朵和朵爸坐一排，我自己坐了另一排。

　　"太空飞船"开始启动了，它带我们进入了一个神秘黑暗的空间，四周漆黑一片，紧接着，飞船慢慢爬升，越来越高，四周开始出现了美丽的星空，让人觉得似乎置身于浩瀚的宇宙中。"哇，好美。"还没等我赞叹完，飞船突然加速了！速度惊人，紧接着，开始猛然下坠！我紧紧闭上双眼，再也无心欣赏美景，只剩尖叫。上升、拐弯、坠落……这一系列的不受控制提醒着我："这分明就是过山车！我打死也不敢坐的过山车啊！"尖叫的同时，我满脑子还在担心着："女儿没事吧？女儿会不会被甩出来啊？"

　　飞船的速度终于渐渐缓下来，重新回到了浩瀚的星空中，我已无心再欣赏，只祈祷着快点结束这可怕的太空之旅。

　　走下飞船，我的脚还在打战，朵爸带着安朵和我会合，一家人又惊又喜，仿佛劫后余生。我问安朵："妈妈刚才好担心你，你难道不害怕吗？"她说："我怕，所以我一直埋着头，抓着爸爸的手，什么都不敢看。"

后来我们才知道这个游玩项目叫"飞越太空山"，因为它惊险刺激，是香港迪士尼必玩项目之一。我们没有提前做攻略，才糊里糊涂踏上了这趟冒险之旅。

从那以后，我们再去有游乐设施的地方玩耍，都要事先了解一下每个项目的情况，衡量一下自己敢不敢坐。当然，了解后的结果是，多数都因为不敢而放弃。那一次"飞越太空山"的经历也成为我们一家唯一一次未知的冒险。不过，在安朵的心里，那是她对迪士尼最深刻的记忆。

现在想来，有时候，一次未知的冒险也是难得的经历，正因为未知，我们才无所惧，一往无前。而当我们对所有的事都有把握的时候，结果也就早在我们预料之中了。人生不也像一场未知的冒险吗？没有人会事先知道结局。世事难料，有时也需要随缘、随心而为，带着未知的期待上路，前方也许会有不一样的风景等着你。

自制甜品

最简单的满足　6岁

　　我和安朵都是不折不扣的馋猫，而且都特别中意甜品。要是每天饭后，能有一份甜品相伴，让它在舌尖慢慢融化，甜味渐渐沁入心田，那简直是一天中最幸福的时光。

　　为此，我买回了棉花糖机、电饼铛、蛋糕模具……每一次都是兴致勃勃地开始，但做不了几次，这些东西也就被束之高阁了。

　　有一天我下班回家，看见安朵端着一个碗，津津有味地从里面舀出食物送进口中，无限满足的模样。

　　"朵朵，你在吃什么啊？"我好奇地问她。

　　"妈妈，我自己做的甜品耶，味道还不错哦！"她兴奋地告诉我，"我就是把面粉和鸡蛋搅拌在一起，再混合一些牛奶白糖，放进微波炉里一转拿出来就是蛋糕了。特别简单，根本不需要用你买的那些模具！"

　　她急切地从碗里舀了一勺蛋糕喂我，我点点头，对她说："确实很美味，那以后你就是我们家的甜品大师了！"

　　得到了家人的肯定，安朵只要一有兴致，就会一个人去厨房捣鼓一番。当然，除了美味的甜品，有时她也会做一些"黑暗料理"，但只要是她自己做的食品，再难吃她也会吃得很香。

　　作为父母，我们总是想把最好的东西给孩子，可是很多时候，孩子需要的往往是最简单的满足。这种满足无关金钱、无关条件、无关环境……真正重要的，是你要了解孩子的需求，如果能让孩子通过自己的努力去满足他的需求，他所得到的幸福感会远远大于父母的直接给予。

7～9岁

探寻

陪伴是欣赏，给孩子足够的信任与欣赏

7～9 岁这个阶段是孩子和父母需要同时"跨越"的阶段。由于孩子进入小学，有了具体的学习任务和学习压力，家长也不得不肩负起更重大的责任。这时期，孩子与家长之间容易出现对立的情绪，而这种情绪的发生，百分之九十都和孩子的学习有关。其实面对孩子的学习，焦虑和急躁完全没有用。父母只要真正放下内心的焦躁，给孩子足够的信任和欣赏，无条件地支持和接纳他，你就会发现，孩子的表现往往会超出我们的预期。

安朵 9 岁那年，我们全家搬迁到北京，安朵也需要从四川转到北京上学。起初，我也有这样那样的担心，担心她学习跟不上，担心她和同学不能很好地交流，担心她在新环境感到孤独、不安……

当她进入新学校以后，每天放学回家，我都忍不住要问她："你觉得新学校怎么样啊？""你认识好朋友了吗？""你上课举手回答问题了吗？""这边的英语教材和老家完全不同，你的英语跟得上吗？"但是，安朵都不愿意回答我。这让我更加担心了，担心她是不是不适应新的环境。于是，我去学校找到安朵的班主任，想和班主任交流一下孩子的情况，甚至还对班主任提出："安朵是不是需要单独辅导一下英语？"班主任的一番话彻底消除了我的忧虑，他说："朵朵表现很不错，和同学交流也很愉快，绝对是个优秀的孩子。至于英语，我相信她只要多读多练，成绩很快就会追上来的。"

听了班主任的话，我的内心涌出很多复杂的情绪，更多的却是自责。作为妈妈，还是一个从事教育工作的妈妈，为什么我还不如老师相信安朵呢？

当我放下我的焦虑，开始鼓励安朵轻松面对新生活时，她才慢慢和我分享新学校的一些事情。新学校重视体育训练，每天早晨都有长跑，体育课更是有不少测试必须达标。这对在老家从来没有正规训练过的她来说是非常吃力的。但是安朵从来没有抱怨过，只是告诉我："妈妈，每天早晨跑步，我都快窒息了，可是我不是最后一名哦。"我可以想象她在寒风中跟在大家后面不服输的模样，于是，我也宽慰她："跑步的目的是锻炼身体，只要你尽力了，哪怕最后一名也无所谓啦。"期末的时候，安朵的各科成绩不仅在班里名列前茅，她还拿回来一个文具盒，说是奖品，奖励她获得了年级跳绳比赛的第二名。这份奖励比她获得的好成绩更让我惊喜！

7～9岁的孩子，开始有了自我价值实现的需求，他们非常希望得到外界的认可，希望"我能行"，希望在班级、家庭当中被接纳、被肯定。他们自身渴望成功的愿望其实比家长更为强烈。此时的他们，特别需要来自各方面的赞美和鼓励，特别是父母的信任与欣赏，就像阳光和雨露，能给予孩子成长的力量。"你相信孩子能成为一个怎么样的人，他就能成为一个怎么样的人。"当然，在充分相信孩子的同时，父母也要正视孩子的缺点和学习中的问题，帮助他分析成绩下降的原因，等等。只有找到原因，才能对症下药解决问题。

这一时期对孩子的陪伴要注重细节，也充分考验父母的智慧，切忌和孩子"硬碰硬"。例如：如果孩子不爱阅读，父母有很多方式可以带孩子走进阅读之门；有的孩子喜欢陪伴，父母可以和孩子共读一本书；有的孩子喜欢独立不被打扰，父母可以给孩子创造一个阅读的空间，然后在暗中观察、侧面引导；还有的孩子腼腆内向不善表达，父母可以带头有感情地朗读文章，甚至带上肢体表演，感染孩子，让孩子参与其中，体会阅读的快乐。如果孩子成绩不佳，父母可以借助老师的力量，家校配合，请求老师对孩子的进步及时表扬和肯定，尤其是当着全班同学的表扬和肯定，对孩子来说是天大的荣誉和鼓励，其作用不亚于给心力快要衰竭的人打了一剂强心针。也许父母下了很大功夫都没能让孩子树立起学习的信心，老师一次全班性的表扬就能奏效。

父母平时应多用放大镜找找孩子身上的"闪光点"，该赞美时一定要及时赞美，让他因被肯定而树立自信心。发现问题时，尽量不当众训斥孩子，保护好他的自尊心。但私下里，也应及时指出孩子的问题。让孩子知道自己为什么做错了，错在哪里。"每个人都会犯错，可怕的不是犯错，而是犯错后不修正。"教育孩子就像"三明治"：缺点夹在优点中讲，批评夹在希望中讲，建议夹在共情中讲。但每一次教育中都要让孩子感受到："无论如何，父母对我的爱都不会变。"

这一阶段，父母还可以根据孩子的性格特点，不断创新激励孩子的方式。激励孩子的方法有语言和行为两种：低层次的激励是惯有的苍白语言，例如"你真棒！""好聪明！"之类；高层次的激励则是实质性的特殊行为，例如一个满意的微笑，一个赏识的眼神，一张激励的卡片，一次当众的肯定，一面用心布置的荣誉墙……都有可能让孩子铭记一辈子。

做一张全家福拼图

我爱我家　7 岁

在我家里，有一张独特的拼图，是我们的全家福照片。因为拼拼合合多次，拼图的边缘都已经磨损了，拼图的颜色也暗淡了，但我却十分珍惜。那时的安朵才 3 岁左右吧，照片上的她被我和朵爸抱在中间，露出花一样的笑容，两个小马尾可爱地翘着。

一次逛街时，我和朵爸突发奇想带着安朵去拍全家福的大头贴。拍完后，小店的工作人员问："你们要不要做成拼图啊？"安朵连连点头。

拼图取回来后，那段时间，拼图成了安朵最爱的玩具，她每天都会把拼图拆拆合合无数次，每一次拼完都会高高地举起小手说："看！爸爸妈妈和我！"拆拆合合的过程中，想必我们全家的模样都被她深深地印入了脑海中。

现在，有了更时尚的美图软件，可以自己在家制作全家福拼图了。有一次，安朵选了一张我们全家的照片，用软件做成拼图效果，再把具有拼图效果的照片打印出来贴在硬纸板上，最后顺着照片上的纹路割开，就变成了一张全家福拼图。我和她一起动手，找到每个人的五官，看着身边人熟悉的面容，一块一块地被填平，每个人付出一点点，家就会变得圆满，这是多么幸福的事。

给孩子讲述旧照片的故事

原来我小时候这么丑　7岁

那天，收拾书柜，翻出了安朵小时候的照片。刚出生的她，眯着细长的眼睛；3个月的她，跷着二郎腿；1岁的她，像个小男孩；5岁的她，因为意外跌倒，头上起了个大青包……

忍不住叫来安朵，津津有味地给她讲她小时候的故事："你1岁左右时因为发湿疹，脸上总是疙疙瘩瘩，非常痒。但是你很乖，很少去抓脸。早晨我去上班的时候，在摇篮边看你，你还对着我甜甜地笑。两岁零八个月的时候，你第一次去上幼儿园，你带着新鲜与好奇，摇摇摆摆地走进教室，很熟练地搬了一把椅子坐在桌子边，你居然一声也没哭，还跟我们说再见。4岁时，你开始出水痘，那些可恶的红痘痘爬满了你的额头、脸、全身甚至脚底，你连走路都痛。但是你很少哭，也很听话，没有去抓脸上的痘痘。痘痘出完了，

那个吸着奶嘴、舔着棒棒糖，
穿着妈妈高跟鞋的小姑娘，
是我吗？是我吗？
是我是我真是我。
那时候，
我还很小很小。

没想到，更大的危险等着你，你在姨婆家玩耍时，从床上栽了下来，前额重重地碰到坚硬的地砖上，你的额头立即肿起了一个大青包！而我们大人中，居然没有一个人有经验，都不知道这时候应该立即给你冰敷，这样会减轻很多疼痛。我们只有用土办法，在你的额头抹上一些猪油，然后无奈地看着那个青包越来越大，最后占满了你的半个额头……"

安朵依偎在我身边，认真地听着属于她的往事。突然，她叹口气，对我说："妈妈，原来我小时候长得这么丑啊！小眼睛大鼻子厚嘴唇。"

"是啊，不过不要紧，通常情况下，小时候长得丑的女生长大了才会更漂亮哦！"我安慰她。

她似乎放下心来，悄悄对我说："妈妈，其实我6岁之前从来没照过镜子，我一直以为我是大眼睛高鼻梁呢！"

在海边无拘无束地玩耍

看海　7岁

　　最喜欢带安朵去人烟稀少的海边，不为拍照，不赶时间，就让她无拘无束地玩。蔚蓝的海水、金色的沙滩、一望无际的海平面，大海就如一幅精美绝伦的画卷，安朵是这幅画中灵动的主角，她喜欢踩着软软的沙粒，光着脚丫在沙滩上跑步，也喜欢静静地站在海边，低着头看着盈盈的海水荡漾到脚边，又缓缓退回，感受海浪温柔的抚摸。她还喜欢用树枝在沙滩上涂鸦，或者捡贝壳、堆沙堡……有时候，她也会拉着我在浪花中追逐，或者什么也不做，我俩并肩躺在沙滩上，闭着眼睛聆听海浪的声音。

　　大海的魅力在于它的宽广与洒脱。在海边，可以放下浮躁的心灵；在海边，可以忘却不愉快的事情；在海边，可以听到孩子发自内心的欢笑。

　　没有目的，忘记时间，爱孩子，就带他一起去看海。

大海大海我问你：你为什么这么蓝？

大海笑着回答：我的怀里抱着天。

大海大海我问你：浪花几时开？

大海笑着歌唱：风会告诉你答案。

坐一次绿皮火车

慢火车　7岁

夏天，几个闺蜜相约，带着孩子一起去坐绿皮火车。

本来很兴奋的小家伙们看到火车彻底傻眼了，火车不仅外形陈旧，而且车上没有空调，只挂着电风扇，座椅很硬，静止的车厢里拥挤而闷热。

安朵坐在椅子上一言不发，噘着嘴巴。

一声长而低沉的汽笛长鸣之后，绿皮火车拖着沉重的身体“咔嚓咔嚓”地启动了。列车启动后，窗外吹进了凉爽的风，几个孩子的情绪渐渐好了起来，安朵也开始露出了笑脸，和大家一起说说笑笑。慢车走走停停，停靠的站台很多，只要是较长时间的停顿，车上的人们都可以下车休息。孩子们也跟着下车，蹦蹦跳跳，十分兴奋。有一站，居然买到了薄荷冰棍儿，就是那种最普通的冰棍儿。在阳光的照射下，吸不了几口，细竹棍儿就变得湿漉漉的，冰棍儿化成的水顺着孩子们的手指往下滴，几个孩子弯着身子埋着头，大汗淋漓地吮吸着，那无限满足的神情，似乎尝到了人间美味的极品。

那列火车在晚点两小时后到达了终点，但安朵已经全然没有了刚上车时的不悦，她和小伙伴们快乐嬉戏，享受着难得的旅行时光。看着孩子们红扑扑的脸蛋，我想起了小时候听过的一首老歌：

慢火车　火车慢

爱就像一座高高的山
要想爬过要有耐心不简单
只要有你真心的相伴

要想爬过爱的高山不简单

只要有你真心的相伴

　　或许等安朵长大后，绿皮火车已经消失不见了，但这次慢悠悠的旅行，儿时玩耍的伙伴，阳光下的薄荷冰棍儿，都会成为她永远甜蜜的记忆。

爱就像一座高高的山

要想爬过要有耐心不简单

只要有你真心的相伴

观察彼此的影子

追影子 7岁

一家人看完电影出来，已是夜幕笼罩。天边有月，奶白色，散发着温柔的光芒。安朵一手牵着我，一手牵着朵爸，三个人在夜色中慢慢走向家的方向。

"妈妈，你看我们的影子！"

三个修长的影子出现在前方，随着身体的移动拉扯着。

"我们好高啊！"安朵感叹道，"咦？怎么又变矮了呢？"她低着头，观察着我们的影子，影子总是随着街边的路灯长长短短地变化着。朵爸说："你想想影子是怎么形成的？"安朵看看旁边的路灯，问："是灯光吗？"我说："是的。人离灯光越近，影子就会越短；人离灯光越远，影子就会越长。咱们顺着路灯走过，距离变化，影子就在不停地变化，所以人一会儿高一会儿矮。"朵爸补充道："如果在白天，早晨的太阳和下午的太阳离我们比较远，我们的影子就会很长，中午的太阳离我们最近，影子就会最短。"

　　"我们来玩一个游戏吧，谁先踩到对方的影子谁就胜利了！"朵爸话音一落，三个影子瞬间分开，相互追逐起来。

　　夜色中，月光下，弥漫着我们欢快的笑声。

自制泡泡水

美丽的瞬间　7 岁

周末，听见安朵在浴室里捣鼓，我问她："你在做什么？"

"我在做泡泡水，我在杂志上看到了做泡泡水的方法，想试一试。"

一会儿，安朵端着水杯出来了，她手里拿着一根吸管，吸管的边缘被剪成了六个瓣儿，做成了一朵小花状。她欢喜地对我说："妈妈，我成功了，你看！"她用吸管蘸上调好的泡泡水，轻轻一吹，一个个、一串串形状不一的泡泡便四处飘荡。

"不错哦，以后你可以自制泡泡水了。"我说。

"妈妈，你发现没有，我吹的泡泡有颜色。本来杂志上说用带珠光的洗手液或洗发水，调出的泡泡颜色更漂亮。不过，我们家没有，于是我在泡泡水里面加了一些彩色颜料，其实效果是一样的。妈妈，你来试一试。"

阳光下的泡沫，是彩色的；
美丽的泡沫，虽然一刹烟火，
美丽的泡沫，虽然一触就破，
但正因短暂，才让人留恋，
才让人珍惜每个美丽瞬间。

我走到露台上，接过安朵手中的吸管，蘸了一点儿泡泡水，一吹，绚丽的泡泡随风飞舞，飘向了楼下的草坪，越飞越远。

　　"妈妈，看！那个，那个还没破！"

　　"那个，那个生命力最强！"

　　安朵在一旁兴奋地叫嚷着。

　　我想，泡泡的生命虽然短暂，但正因为它的短暂，它的美才让人留恋，耐人回味。也正因为它的短暂，才让我们更加珍惜生命中每一个美丽的瞬间。

把听写当作游戏

你演我猜 7岁

我喜欢跟安朵听写生字和词语,因为这个时刻,就是我们玩"你演我猜"游戏的时刻。

遇到"牛""马""羊"这类有关动物的生字,我会很自然地学这些动物的声音:哞哞、咩咩……安朵根本不需要看我的样子,也能立刻猜出来写上相应的生字。

遇到"开心""失望""焦急"这类有关心情的词语,我便用丰富的面部表情表现出这样的心情,安朵有时还会给我打板:"action(开始)——"她一边欣赏我夸张的表演,一边用心地思考,得到正确答案后,我们会击掌庆贺,说一句:"give me five(你做到了)!"

最怕遇到成语,因为有些成语是没法用肢体表现的,有一次我表现"欲哭无泪"这个成语，我皱着眉头露出忧伤的表情，安朵猜道："无精打采、顾虑重重、愁眉苦脸、闷闷不乐、垂头丧气……"我都使劲摇头。最后，她居然说："要死不活！"

天啊！我顿时跌坐在地板上，安朵哈哈大笑，我终于说出了答案："我真是欲哭无泪啊！"

用"拳头"化解矛盾

来吧，宝贝儿 7岁

"我想我们应该出去走走了。"

我已经换好衣服站在门口等安朵了，她却还窝在沙发上不慌不忙地玩平板电脑。我再一次催促她："快！出门了！"她伸了个大懒腰，说："我又不想出去了。"

我心中的怒火一下子就被点燃了，但我努力压制着自己的情绪，走到她身边说："说好了出去走走，为什么又反悔呢？你是不是就想待在家里玩电脑？"虽然我已经尽量在控制自己的情绪，但我的语调明显提高了！她也怒视着我，说："我就是不想出去了，不行吗？""不行！你不出去也不准玩电脑！"终于，我爆发出来，对着眼前这个可恶的小家伙怒吼。我失控地抢过安朵手中的平板电脑，"啪"的一声扔在了地板上。她呆呆地看着我，什么也没说，只是挺着身子和我对抗……

情绪爆发后，我很快就后悔了，后悔不该用这样的方式对待孩子，不是一直都让自己遇事冷静吗？可为什么还是没有控制住自己的情绪呢？

屋里顿时陷入一片沉寂，安朵还是坐在沙发上原来的位置，埋着头，手里揉搓着一张餐巾纸。

我默默地捡起地上的平板电脑放到桌上，坐到她身边。她并不看我。我说："刚才你一定很讨厌我吧！我也是一样不喜欢你出尔反尔的行为，不如我们痛痛快快打一架，化解彼此心中的不满，但是，不能打重要部位哦！"

她转头看着我，似乎不太相信。

"come on baby！（来吧，宝贝儿！）"我挥着拳头，夸张地做拳击状。她扑哧一下笑了，也挥着拳头扑向我，那一刻，我顺势抱住她说："对不起，我刚才不应该那么凶。"

"是啊，妈妈，你凶起来的样子可丑了！"

然后，我们开开心心地出门了！

晚饭后下一盘棋

不到最后关头决不轻易认输　7 岁

我和安朵买了一张地毯式的飞行棋盘。晚饭后，我俩赤脚坐在地毯的两侧，开始了决战。

也许是我的运气好，总是赢她。有几局，明明是安朵领先，她以为胜券在握，但最后她总会把骰子扔到"退回起点"，我却"后来居上"，到达了终点。安朵渐渐地有些不耐烦了，但又不准我离开，势必要赢我一局方可罢休的样子。也许因为她太过急躁，反倒接二连三地扔出小数，她的棋子被我的棋子甩下了一大截。这时候她灰心了，叹口气说："妈妈，看来我又输了。"

我摇摇头说："不到最后关头谁也不知道谁赢，你看前几局，你觉得自己就要赢了，却被突然打回了原形，现在你觉得自己输定了却也未必。只要我们还在棋盘上，还在飞行，输赢都没有绝对。"

　　听了我的话，安朵恢复了一些信心，她紧抿着嘴唇，认真地和我"对抗"着。她的棋子一步步追了上来，而这一次，我在最后关头扔骰子时，扔到了"退回起点"，她战胜了我。

　　"妈妈，你说得对，不到最后关头决不轻易认输！"安朵开心地说。

选 择

朵朵:"妈妈,我究竟是属羊还是属猴呢?"

妈妈:"按照我们的农历年来说,你应该属羊。"

朵朵:"可是我也想属猴啊!"

妈妈:"属羊有什么不好?美羊羊啊!你不是喜欢美羊
　　　羊吗?"

朵朵:"但是,属猴聪明啊!孙悟空多有本领啊!"

妈妈:"那当然,如果让妈妈选择漂亮和聪明的话,妈
　　　妈一定会选聪明,漂亮随着时间的推移会消失
　　　的,但是聪明和本领却是一辈子的。"

妈妈:"宝贝儿,如果漂亮和聪明让你选择,你会选择
　　　什么呢?"

朵朵:"我为什么要选择?我两样都要。"

为享受一款美食说走就走

美味章鱼烧　8岁

"妈妈，我好想吃那家店的章鱼烧哦。"周末的傍晚，靠在沙发上看电视的安朵懒懒地对我说。

"好啊，走吧，换衣服！"我说。

"啊？"安朵倏然直起身子，用疑惑的眼神望着我，问："现在就去吗？可是马上要吃晚饭了啊！"

我们从小似乎都有这个规定，三餐之前吃零食就是不正确的，爸爸妈妈都会叮嘱甚至警告："吃多了就吃不下饭了，吃完饭再吃吧！"可是谁吃完饭后还能尝到美味啊？再美味的东西都会在饱饱的肚子里打折扣吧！

和孩子在一起，也许不必时时刻刻讲原则，偶尔打破一下常规，才能给平淡的生活一些惊喜。

于是，我和安朵坐上公交车，辗转到达了那家卖章鱼烧的小店，排着队，终于买到了美味的章鱼烧。我揽着安朵慢慢地朝回家的公交站台走去，她端着热乎乎的盒子，因为怕烫不能马上吃，她打开盒子看一下，关上，一会儿又打开盒子，看一下，再关上，似乎在确定这份期待后立刻得到的满足感是否真实。

"妈妈，我最喜欢看这上面飘动的金片片，它们是什么啊？"

我低头一看，果然在金黄娇嫩的圆球球上有一些闪着金光的亮片自由地扭动着身体，很是奇妙。

"我也不知道耶！"我说。

安朵用小木棍叉了一个小丸子喂我，哇，皮酥肉嫩的小丸子混合着沙拉酱，顿时让我的味蕾欢欣雀跃，我闭着眼睛无比享受，安朵看着我夸张的表情哈哈大笑。

那天晚上，安朵依旧吃了一大碗饭，并且在网上查到了章鱼烧上面飘动的金色亮片是柴鱼片，由于热胀的原因，接触到刚刚做好的章鱼小丸子表面时，就会产生缩动，所以像跳舞一般。

孩子的快乐很简单，

一朵放学路上盛开的小花，

一顿盼望已久的美食，

一个新奇好玩的玩具，

都会令他们欢呼雀跃。

所以，

在孩子还能简单快乐的时候，

让他们尽情简单快乐吧！

换一种方式催促孩子

愉快的讨价还价　8岁

有一段时间，我真的很不喜欢安朵的拖延症，只要她在看电视或者玩电脑，就一定是停不下来的节奏。

"快去洗澡！"

"快去做作业！"

"快去收拾书包！"

……

家里人对她的催促似乎都被她的耳朵自动过滤掉，她还是纹丝不动。愤怒的我也曾经关过电视，没收过她的平板电脑，但这除了让我们彼此伤害，并没有让她的拖延症有所改观。为了对抗我，她甚至可以躺在那里什么也不做，就是不去做我认为她该做的事。

偶然的一次，我找到了一种方式和安朵达成了愉快的协议。

"朵朵，再看 10 分钟电视就去洗澡吧！"我温和地说。

"不行，20 分钟。"她摇摇头。

"12 分钟。"我退后一步。

"15 分钟。"她也退后了一步。

"成交！"我抓住机会和她击掌敲定！

她甜甜地笑了，抱住我的胳膊，亲密地靠着我。我突然发现，原来和孩子较真儿真是很愚蠢的，学会转弯，果然是人生的大智慧，在这不经意的转弯中，我不再是那个蛮横无理的妈妈，她也不再是那个固执倔强的小孩儿，我们都卸下了身上的芒刺，变得温润而平和。

安朵是个很有原则的小孩儿，每次"成交"后，她总是会准时去做自己该做的事。

再不需要我对她大呼小叫。

于是在我们家，经常会听到我和安朵愉快的讨价还价。

"5 分钟！"

"10 分钟！"

"6 分钟！"

"8 分钟！"

……

"成交！"

"你们在做什么交易啊？"朵爸总是会很好奇地凑过来问我俩。

"不告诉你！"我俩异口同声地回答。

用电子地图找路

我们都是在错误中长大的　　8岁

　　有一次，我们全家要去寻找一家老字号的餐厅，安朵立刻成了领路人，她拿过我的手机，很熟练地打开手机上的电子地图，输入起点和终点，因为路程并不远，我们选择了步行的模式。

　　安朵按照电子地图的箭头提示，带着我们穿过了几条小街，终于到达了终点，可是抬头一看，哪有什么老字号的餐厅？明明是一家理发店啊！

　　"会不会是我们找错了？"奶奶问。

　　"不会！我反复检查了输入的地点就是这里，一定不会错！"对于奶奶的怀疑，安朵涨红着小脸着急地辩解。

　　"不要紧，我们问一问。"我走进理发店，问了店员，店员告诉我，以前这里确实是那家老字号餐厅，但是因为生意不好不做了，他们也是最近才租下来。

弄清了原因，安朵不安的情绪总算放松了，她自信地说："我就说我不可能出错嘛！"

"即使出错一次也没什么，大不了重新输入重来一次，我们都是在错误中长大的。"我拍拍安朵的肩说。

给小动物洗澡

给小狗洗澡　8岁

我一直是怕狗的，甚至是那种小不点儿的狗，只要是狗蹦跳到我身边，我都会本能地躲开。

有一次，带安朵去朋友家玩，他家有一只小狗叫逗逗，全身黑毛，只有脑袋是黄色的，尾巴竖着，"汪汪汪"地朝我们扑来。

我吓得直往后退，安朵却将逗逗抱起来，在怀里亲热地爱抚着，对我说："妈妈别怕，它是欢迎你的意思。"逗逗黑漆漆的眼珠盯着安朵看。不一会儿，安朵和逗逗就熟悉起来，逗逗不停地叫着，在安朵身上、脚上蹦来蹦去。

安朵想给逗逗洗澡，她硬要拉着我一起，从来怕狗的我心里直发毛，但在安朵的再三鼓励下，我鼓足勇气走进了浴室。安朵让我抱住逗逗，她调好热水，将淋浴的喷头对

每一个小动物，
都是落入凡间的精灵。
每一个小孩，
都是他们的好朋友。
快乐着他们的快乐，
悲伤着他们的悲伤。

准逗逗，往它身上冲洗。"汪汪！汪汪！"起初，逗逗不知是兴奋还是害怕，在我的手里不停地挣扎，不停地叫。我慌乱地按住逗逗，紧张得满头大汗，不知如何是好。"妈妈，你别怕，它是开心，阿姨说逗逗可喜欢洗澡呢！你要抚摸它，表示你爱它。"安朵给我示范着，轻轻地抚摸着逗逗的背，逗逗渐渐变得安分了，舒服地享受着热水的温暖。我也松了一口气，温和地对逗逗说："逗逗，别动，我们给你抹沐浴露。"逗逗特别听话，果真乖乖地趴着。洗澡结束后，我将逗逗抱出浴室，和安朵一起用吹风机把逗逗身上的毛吹干，最后，还给逗逗穿上了漂亮的小背心。

从这以后，我不再那么怕狗了，有时遇到小狗，还主动逗它们玩呢！

观察毛毛虫破茧成蝶

毛毛虫真的能变成蝴蝶吗　8岁

安朵考过我一个脑筋急转弯：有一条毛毛虫要到河对岸去，可是没有桥，也没有船，毛毛虫要怎么过去呢？我说："毛毛虫变成蝴蝶，它飞过河去了。"安朵很失望，因为我轻松地回答出了她的问题，她又问我："可是，毛毛虫真的能变成蝴蝶吗？"

是啊，毛毛虫真的能变成蝴蝶吗？我也只是在理论上知道这件事情，并没有真正看见过。

一个傍晚，带安朵在小区的花园里散步，看到有个白白的像一个小球模样的东西，死死地粘在树枝上！是什么？仔细观察，发觉那些白白的东西像毛线条，又像蚕儿吐出来的丝！我确认，是毛毛虫！安朵盯着这小东西，再一次问我："毛毛虫真的能变成蝴蝶吗？"

妈妈说，

有一天，

我也会像毛毛虫一样破茧而出，

变成漂亮的蝴蝶飞走。

虽然我很想变得漂亮，

可是，

我还是不想自己是一只毛毛虫。

也许是为了揭开她那个深藏内心很久的谜底，之后的几天，安朵天天拉着我去"拜访"那只毛毛虫！看着它慢慢吐丝，慢慢地将自己裹得严实，逐渐变成蛹……

　　直到有一天傍晚，我们再次来到树下，可是，那个蛹似乎跟往常不一样！它的顶部有个破洞，往里面一瞧，空空如也。毛毛虫消失了！

　　"它破茧而出，变成蝴蝶飞走了。"我说。

　　没有亲眼看到毛毛虫破茧成蝶的那一刹那，安朵很遗憾。不过，她总算是彻底相信毛毛虫能变成蝴蝶飞走了。

　　我对她说："其实每一个小孩都像一条毛毛虫，有一天，都会破茧而出，变成漂亮的蝴蝶，无论前途坎坷还是快乐，他都要坦然地面对，展翅高飞。"

　　"我才不做毛毛虫呢！长得太恶心了！"她吐吐舌头。

给孩子讲讲你的老师

也许晚了　8岁

　　收拾书柜的时候，翻到一本旧式的相册，扉页上面写着苍劲有力的七个字："饶雪莉同学留念。"

　　"妈妈，这是谁送你的啊？"一旁的安朵问我。

　　"是我的启蒙老师啊！他是一位头发花白的老教师，非常严厉，我十分害怕他。从小我就特别爱美，有一次，我刚把胭脂粉花的汁液涂在指甲上便碰到这位老师，我把手使劲地背在身后，老师见我慌张的样子就让我把手拿出来，我'哇'一声便哭了起来。后来我转学了，这位老师还送了我这本相册。"我抚摸着已经泛黄的相册，感慨道，"这么多年了，不知道老师还在不在那座城市那个小学校呢？有机会，妈妈一定要带你去拜访一下这位老师。"

"可是妈妈，我觉得晚了。"安朵望着我，若有所思地说，"你说这位老师在教你一年级的时候都已经头发花白了，你现在已经30多岁了，他恐怕都死了吧！"

偶尔变换亲子昵称

我不是你的亲　8岁

无聊的时候，最喜欢让安朵叫我，有一次我对她说："宝贝儿，叫妈妈。"她叫道："妈。"我说："亲密点。"她叫道："妈咪。"我笑了，说："再有感情点可以吗？"她柔声道："妈咪宝贝。"我顿时内心甜蜜。她却立即补充道："妈咪宝贝尿不湿。"

我也问过她："你喜欢妈妈怎么称呼你？"我一直以为她会说"乖宝贝""小公主""小天使"之类蜜糖一般的词语。没想到她却说："我喜欢你叫我'小小'。""小小"，如此平凡，如此美好，是她扎着两个冲天小马尾、摇摇摆摆走路的时候，我才这样叫她。如今，她快长得和我一般高了，我几乎不再用这个词语称呼她了，没想到她还是喜欢多年前妈妈对她那一声轻唤——"小小"。而她不知从哪一天开始不再喜欢叫我"妈妈"，而是叫我"阿哩"。"阿哩，我回来了！""阿哩，你快来！""阿哩……"

我不知道她为什么要这样称呼我，但是从她的称呼中，我听到了比"妈妈"更浓的甜蜜。

　　有一次，安朵上厕所，久久不出，我开玩笑催促她："亲，快出来了！"她大声回答我："我不是你的亲，我没包邮的。"正在喝水的我，顿时笑喷。

时 尚

妈妈:"这袋子真重,我穿得这么漂亮,提个塑料袋好像不太
相称。"

朵朵:"妈妈,给我提!"

妈妈:"你提得动吗?"

朵朵:"轻而易举的事情,看,我可以把塑料袋也提出时尚范儿!"

带着孩子去上班

我想做老人　8 岁

　　在我没带安朵去公司之前，她总是这样说："我最喜欢做大人，做大人多好啊，又不用写作业，上班也是玩电脑。"

　　安朵放暑假的时候，我把她带去了公司，和我一起上班。在公司里，我也给她安排了一个工位，上面有一台电脑。起初，她感到很新鲜，玩会儿电脑做会儿作业。可是渐渐地她就觉得无趣了，不停地问我："妈妈，什么时候下班啊？"

　　"妈妈还要去开会，这样吧，你帮我校对一下这本书的封面文案。"我给她安排了任务。

　　公司的会议总是有很多事情要讨论，开完会不知不觉已经过了下班时间。我去办公室找安朵，她还在盯着那张打印的封面纸，见我来了，她双眼无神地说："妈妈，我已经校对 50 遍了，确定没有错。"

从那以后，安朵再也不愿跟我一起上班了。我问她为什么不去，她想想说："上班太无聊了，你们每天都要开会，开会的时间太长，一点儿都不好玩！而且那些封面文案，一想起就让我头痛。"

"那你现在不想做大人了吧！"我说。

"我现在想做像爷爷奶奶那样的老人，既不用上学又不用上班，多好！"

上学不好玩，

上班也不好玩，

觉得别人的世界好玩，

是因为你没有去过别人的世界。

看看纸飞机能飞多远

飞在风里的纸飞机　8岁

　　每个人的童年记忆里应该都有一架纸飞机，握在手里，吹一口气，飞向空中，划出一道优美的弧线。可惜，我从小到大就只会折一种纸飞机，每一次安朵让我给她折飞机，我折的纸飞机都是同样的款式。

　　"妈妈，我会折很多种纸飞机啦！"

　　有一次，安朵抱着许多彩色的纸飞机来到我身边。尖头的、平头的，大大小小，每一个都不一样。

　　"你怎么会折那么多不同的纸飞机啊？"我真的感到惊讶！

　　"我跟着电脑里的贴吧学的啊！"她得意地说，"妈妈，我们来试一试，哪一种纸飞机飞得最远。"

我们来到小区的广场上，将一个个的纸飞机飞向空中，广场上的小朋友都围过来看，安朵的模样骄傲极了！

"妈妈，我给你背一首诗吧！"抱着纸飞机回家的路上，安朵轻声对我说。

"好啊！"我点点头。

"蔚蓝的天空划过银色的翼，

纸飞机载着我的梦想，

飞在风里。

飞在风里的纸飞机，

它那么那么地努力，

蓝天很大，狂风很急，

纸飞机勇往直前，从没放弃。

飞在风里的纸飞机，
带着我们的梦想穿越天际。

飞在风里的纸飞机，

带着我们的梦想穿越天际。

没有人知道，

它何时落地，

但我知道，

它落地的地方，

一定会开出灿烂的花季。"

咦？怎么那么熟悉？原来是我在书里曾经写过的一首诗，没想到这丫头居然背下来了。我的心中霎时涌动着温柔和幸福。

每年计划一次亲子旅行

苏梅岛的夜　8岁

出海、钓鱼、在甲板上吹风、吃完丰盛的海鲜大餐后，我们回到酒店，已是夜晚。

苏梅岛的夜更显迷离。此时，没有了灼人的阳光，唯有海风像块薄纱，柔柔地将人裹住。

夜晚的泳池在朦胧的路灯下，宛如一个绿色的梦境，荡漾在眼前。远处，已看不见大海，但能听见海浪的呼吸。

浴室的头顶是露天的，安朵洗澡的时候，仰面朝天，兴奋地说："妈妈，可以看见星星耶！"

星星并不多，但却很闪亮，像钻石一样镶嵌在夜空中。

洗完澡，疲惫的安朵已经困得睁不开眼睛了，倒在舒服的床上，依旧舍不得睡去。她紧紧抱着我的胳膊，迷迷糊糊地说："妈妈，我喜欢旅行，因为旅行可以不上学，可以

看着星星洗澡，
整个世界似乎都放慢了脚步。

住酒店，还可以看着星星洗澡……"

"好的，妈妈有空就会带你来旅行。"我轻抚她的额头，她很快就甜甜地睡去。

这样的夜晚，远离喧嚣的城市，来到陌生的地方，和孩子在一起，让心灵放松到极致。

这样的夜晚，清爽静谧，闭上眼睛，整个世界似乎都放慢了脚步。

这样的夜晚，正是我意所及、心所往的最宁静美丽的夜晚，以后，当我在繁忙的工作中停歇时，也能悄悄回味。

伴着若有若无的涛声，看着身边熟睡的安朵，真希望时光就在这一刻定格。

晚安，苏梅岛的夜。

让孩子当老师

向孩子请教如何玩游戏　8岁

我喜欢向安朵请教如何玩游戏。我喜欢看着她给我讲解时自信的模样，她的眼睛里散发着亮光，还不时问我："明白了吗？"她比任何时候都显得有耐心，生怕我没有听懂，偶尔还说："我给你做个示范吧！"如果我玩得很糟糕，她不会批评我，只会在旁边很着急地提醒我："小心，这里要注意什么！"如果我表现出沮丧，她还会安慰我："不要紧，起初玩的时候都这样，我也是，慢慢就好了。"

向安朵请教的过程中，时空似乎错位了，我变成了一个渴望学习的幼童，而她变成了一个阅历丰富的成人，她牵着我的手，带着我一步一步去探索未知的世界，哪怕我一次又一次地犯错，她也会包容我，相信我总会成功。

为什么面对新鲜事物，我们不如孩子接受得快？那是因为我们有了所谓的生活经验，对很多事情畏手畏脚，不敢冒险踏出那一步。但小孩子往往毫无畏惧，他们可以没有顾忌，他们可以天马行空，他们敢于尝试，他们不怕迈错步子。

所以很多时候，我乐于向安朵请教。

为孩子做一顿可口的饭菜

99 分的饭菜　8 岁

做饭，可真是我的弱项，尽管我一直在努力，但是依然没有做饭的天赋。每次有人问安朵："你妈妈会做饭吗？"她都会肯定地点点头："会哦，我妈妈的拿手菜是爆炒回锅肉！"

听她这样说，我在欢欣的同时也会脸红，因为那次我和安朵在家，朵爸已经提前做好了饭菜，只需要我在吃饭的时候重新翻炒一下。因为我翻炒的时间较长，回锅肉已经被炒焦了，我告诉安朵："这叫爆炒回锅肉！"安朵吃得很香，一直认为那是我的拿手菜！

有一次，我决定认真为安朵做一顿饭菜，我下班就钻进厨房忙活。番茄蛋汤、清炒土豆丝、黑椒牛柳一一上桌，虽然这顿简单的饭菜也让我忙得满头大汗，但是看到安朵吃得无限满足的模样，我有种前所未有的快乐，饭后我问她："你给妈妈的厨艺打多少分呢？"她思索了一下，说："99分！"完全在我的意料之外！我已经很知足了，没想到她还补充道："其实可以打100分的，只不过，我打100分，你就没有进步空间啦！"

其实，

小孩并不在乎 100 分。

小孩只是想向大人证明，

他是个优秀的小孩。

可是，

大人该用什么来证明，

他是个优秀的家长？

陪孩子做喜欢的事

折纸和朗读　8岁

最近，安朵迷上了折纸，各式各样的花球、翻转的纸盒、特别的信封、小花篮……堆满了她的书桌，她对自己的作品很得意，也恨不得大家都跟她学习。每天在家，她都拿着一张纸追着家里人说："我教你折纸吧！"但爷爷奶奶年龄大了，看不清楚，朵爸对这个不感兴趣，而我，确实手笨，能躲则躲。

而最近，我迷上了朗读绘本，喜欢绘本里温暖的画面和直抵人心的语句，恨不得天天读给别人听，和别人分享美好的意境。

"朵朵，你陪妈妈读绘本吧！"我恳求安朵。

"行！但是你得陪我折纸！"她狡黠地一笑，从身后摸出一张卡纸。

我默默地点头。

折一朵美丽的花儿，

开满我的房间。

于是，我笨手笨脚地跟着她学折纸，尽管每一步都学得很艰难，但我还是很用心。她也信守诺言，当我完成一个作品后，她就和我一起朗读一段绘本，并且，她也读得很用心。

　　馨香的绘本平放在我俩的膝盖上，我俩一手握着一个自己折的小花球，轻轻地旋转，听着对方清澈的声音在房间里回荡。那一刻，整个世界都在与我们温柔相拥。

那一天，我数算你的手指，轻轻地把它们亲遍。

那一天，初雪飘落，我把你高高举起，看雪花在你柔软的肌肤
上融化。

那一天，我们一起穿过街道，你紧紧抓住我的手。

曾经，你是我的婴孩。

现在，你是我的女儿。

有时，当你睡着，看着你入梦，我也开始畅想……

——《那一天》

分享同一份食物

等你一起吃　8岁

我下班回家，安朵兴奋地蹦到我的面前，一股香味瞬间飘来我的鼻尖，她手里正捧着一个诱人的煎饼。

"妈妈，我等你好久了，这个煎饼我们一起享用吧！"她拉着我的手坐到沙发上。我确实饿了，闻着煎饼的香味，忍不住吞口水，抵挡不住美食的诱惑，我咬了大大一口煎饼，点点头说："哇！真好吃！"

看着我满足的表情，安朵也笑了，她咬了小小一口，说："我就知道你爱吃，所以等你回来一起吃。"

这时，朵爸从厨房里出来，手里拎着一个煎饼说："不是买了两个吗？你和妈妈一人吃一个啊！"

安朵有些不悦了，着急地说："这一个我和妈妈一起吃，那一个我也可以和妈妈一起吃啊！"

我明白她的意思，和亲密的人分享同一份食物比自己独享更美味，那份美味已远胜过食物本身。分享得到的是共同的体验，是快乐的递增，是情感的交流。

曾经给安朵讲过一个故事：一个小孩儿手里拿着橘子，问他妈妈："为什么橘子里的果肉不是一整块，而要分成一小瓣一小瓣？"妈妈告诉他："那是橘子在告诉你，生活的甘甜和幸福，是用来跟大家一起分享的。再甜的果肉，一个人吃又有什么意思？"

所以，安朵喜欢和大家分享美味的食物，我也从来不会拒绝她的分享，有时，甚至还和她抢着吃、争着吃。

食物要分享才更美味，爱要分享才更温暖，心事要分享才能释怀，悲伤要分享才能减半。

懂得分享，成长便不会孤单。

给孩子独自出门的机会

总有一天，你要一个人走　8岁

　　安朵的小表姐约她去逛商场，我不太放心，因为从我们家到商场有一段很长的距离，小表姐也仅仅比安朵大3岁而已，无论她们是走路还是坐车，如果没有大人陪伴，难免会有无法预计的状况。安朵难以理解我的担心，见我迟迟不肯答应，她不满地说："我都8岁了，还从来没有不要大人的陪伴出去玩过。"见她一脸委屈的模样，我心一软，只好点了点头。她兴奋地收拾好自己的小包，装好手机和零钱，系上她喜欢的蝴蝶发带，欢乐地跟着小表姐出门了，她甚至连"再见"都忘了对我说。而我，只能站在阳台上目送着她雀跃而去的背影淡淡伤怀。

　　自她们离开后，我就开始坐立不安，不停地看时间，暗暗揣测着：她们俩会坐车还是走路呢？现在应该到商场了吧……终于挨到快吃晚饭的时间，见她们还没回来，我拨通了安朵的手机，但是她一直没有接，我更加不安了：为什么不接电话呢？是商场里太吵没有听见还是……

正在这时，我听到了敲门声，我立即冲到门边开门，安朵露出一个绯红的笑脸，对我挥挥手说："嗨——"

她和小表姐都满头大汗，她的背心全湿透了，但她是愉悦的，一直兴奋地给我讲她们买了些什么，吃了些什么。

"为什么这么热？"我问。

"我们一路走去一路走回来，都没坐车耶！"她骄傲地说。要知道平时她和我们上街，走不了几步就说累了，嚷着要坐车。没想到今天她走那么远的路却一点儿也不说累。

看着安朵哼着歌在屋里跑来跑去，还沉浸在没有大人陪伴外出的新鲜和喜悦中，我觉得我之前所有的担心都是愚蠢的。人生就是一条长长的路，有些路，终需一个人走。一些分岔路口，必须自己决定选择左还是右，这是安朵的人生必修课。而我，只能在路的这头，用温柔的眼光注视着她，默默给她鼓劲。

走长长 长长的路，

有花香 有清风；

走长长 长长的路，

星光下 树影中；

走长长 长长的路，

妈妈说 我走不动。

我牵着妈妈的手，

数着 一二三，

妈妈像个乖乖的孩子，

跟我走。

每天抱一抱孩子

幸福的拥抱　8岁

"小小，快来，妈妈抱！"

每次我回到家，最爱对安朵说这句话。她也总会张开双臂冲向我的怀抱，我把她抱起来，她的头紧紧靠在我的肩膀上，我抱着她呼啦啦转几圈，她笑得哈哈哈哈。

不知从何时开始，在我抱她之前，她习惯问我一句："妈妈，你抱得动吗？"

随着她的长大，我抱她确实越来越吃力，但我总是自信地说："当然可以。"渐渐地我从抱着她转圈变成了她给我计数，看我能走几步。再到后来，她跳上我的怀抱，用双手紧紧钩住我的脖子，双腿夹住我的腿，说："妈妈，我可以变轻！"

世间所有的爱，都能让拥抱成为最好的见证。我喜欢抱安朵，尽管我现在抱起她连挪步都难，但是我还是喜欢和她拥抱的感觉，她粉嫩的脸贴着我的脸，她清透的眼望着我，我能从她的眼睛里看到我的温柔。如果有一天，我再也抱不起她，我也会把她轻轻地揽在怀里，让她感受到我的爱。

世间所有的爱，
都能让拥抱成为最好的见证。

分 裂

妈妈："你已经长大了，妈妈多想再生一个小宝宝抱
　　　在怀里。"

朵朵："不用生了，我可以分裂一个出来给你。"

妈妈："是吗？那太好了！你赶紧分裂吧！"

朵朵："不过，你要小心，我分裂出来那个可是个坏
　　　小孩儿呢！"

妈妈："那还是算了吧！"

和孩子开怀大笑

大风吹，孩子的笑容好美　9岁

北京的秋天是一年中最美的季节。

天，明朗，湛蓝。暖色调的风，摇晃着树叶，抖落着细碎的阳光。

我揽着安朵的肩膀走在街头，她突然转头对我说："妈妈，我给你背篇课文好吗？"

"好啊！"

"漓江的水真静啊，静得让你感觉不到它在流动；漓江的水真清啊，清得可以看见江底的沙石；漓江的水真绿啊……"

"绿得仿佛那是一块无瑕的翡翠。"

"妈妈，你怎么也会背？"

"我小时候也学过这篇文章啊。"

每一个温暖的现在，
都是明天回不去的昨天。
所有的欢笑和感动，
都在此刻，
凝结成永远。

突然，一阵狂风袭来，打破了背课文的气氛，安朵尖叫一声，拉着我奔跑。我们俩在大风中咯咯笑，头发乱舞，奔跑的身体和逆风努力对抗。

大风吹大风吹，孩子的笑容好美。

风停了，我和安朵停下来直视着对方风中凌乱的模样，放声大笑，难以抑制。

人越大，就越习惯压抑内心的真实感受，但跟孩子在一起，我可以什么都不必介意：高兴时，无所顾忌地笑；伤心时，痛痛快快地哭。无论是大人还是孩子，都需要用笑和哭来释放自己的情绪。如果你没有和孩子一起笑到趴下的经历，那真是太遗憾了！

和孩子享受温暖的现在

为你按摩　9岁

那天我下班回家，很累，倒在床上平放身体，想好好放松一下。安朵突然跑进我的房间，趴在我的床边，盯着我的双脚说："妈妈，我想给你捏脚。"

本来，我很想拒绝，因为我还没洗脚，但是话到嘴边又收了回去。既然孩子不嫌弃，我就好好享受吧！

"好啊，脚底集中了人体各个器官的反射区，经常揉脚可以保持人的身体健康、青春的状态。可是你会揉吗？"我问安朵。

她想了想，咚咚咚跑到外面拿着手机进来，说："我查一查，找准穴位。"

对着手机上找到的脚底穴位图，她用手指在我脚底画圈圈，一边画一边念叨："这是心，这是肺，这是肝，这是小肠……妈妈，你需要重点捏哪里？"我被她挠得痒痒的，咯咯笑着说:"哪里都行!"她趴在我的脚下,很仔细地捏着我的脚,小手温暖,力度适中,我躺在床上,闭上双眼,全身放松,享受着她的按摩。一个愿意主动为妈妈揉脚的孩子,绝对是上天赐给我的小天使,让我忘记疲累,忘记烦忧,让我心中似有微光跳跃。以后的每一个日子,我一定要温柔地对待她,呵护她。我甚至自私地想:纵然这个小天使有千万个美丽的未来,但对于我来说,也抵不上一个温暖的现在。

"妈妈,这个大拇脚趾和二拇脚趾的根部是治疗眼睛的,你不是近视眼吗?我给你重点按按。"安朵的手指用力地摁着我的脚拇指根,还不忘问一句:"疼吗?"

"不疼不疼,很舒服。"我笑着说。

真的很舒服。

和孩子用不同的语言交流

我中意你　9 岁

也许因为我喜欢看 TVB 的剧集，有一段时间，安朵也跟着我看 TVB 的剧，从 TVB 的各类明星到剧集的主题歌，她都充分了解。

有一次，我无意中听到安朵在 K 歌软件里录了一首粤语歌《下一站天后》，发音之准、吐字之清，令我无比震惊，禁不住把她唱的歌发到了朋友圈。朋友们一听大呼不得了！就连广东的朋友也赞叹小丫头的粤语歌从发音到旋律都毫无挑剔。

或许是受到了大家的赞扬，安朵对粤语有了更大的热情，有时在家也对我说："我唔知啊，点解你唔了解我……"时常逗得我开怀大笑。

我还记得第一次带安朵去香港的时候，在飞机上，她一句粤语也听不懂。但现在我再带她去香港，她几乎可以做我的翻译了。我为一个孩子对语言的学习能力而大为震惊。

很多人说，学语言一定要有相应的语言环境，我以前也是这样认为的，但是从安朵身上我发现，对孩子来说，学语言主要还是在于家长的鼓励和孩子本身的兴趣。

那天，安朵又在家对我们大秀粤语，爷爷奶奶是一头雾水地望着她，我多少能猜懂一些。然后我对她说："用粤语叫妈妈。"

"妈咪。"她叫道。

"夸妈妈漂亮。"

"你好靓哦！"

"对妈妈说我爱你。"我继续引导。

她一本正经地说："妈妈，粤语中基本不会说我爱你，他们对喜欢的人只会说我中意你，或者用英文表达'I love you'。"

我佩服她的认真。

用特别的方式送孩子礼物

寻找属于你的礼物　9岁

每年平安夜，我都会把一个礼物放在安朵床头的圣诞袜里，她一直相信是圣诞老人送的。安朵7岁那年，稍稍有些怀疑，问我："妈妈，真的有圣诞老人吗？有同学说没有耶！"我说："只要你愿意相信，就有。"因为童年很短，我希望她有一颗相信美好的心，希望她的童年都是美好的记忆。

直到安朵满9岁，她终于不再相信圣诞老人这个善意的谎言。那一年的圣诞节，她有些失落地对我说："妈妈，其实我知道每一年的圣诞礼物都是你和爸爸送给我的。"

虽然安朵知道了真相，但是我依然给她准备了圣诞礼物，只不过换了一种方式给她。

平安夜那天，我早早回家，把买好的礼物偷偷地藏在安朵的小床下。然后我精心设计了一条寻宝路线画在纸上。安朵回来后，我告诉她："今天我们来玩一个藏宝游戏，妈妈给你买了礼物，藏在家里一个神秘的地方，你若能找到，礼物才属于你。"

安朵很开心，对照着图纸开始寻找属于她的礼物。而待在一旁的我，不知为什么也很激动，心"怦怦"地跳。终于，我在客厅里听到了安朵惊喜的声音："妈妈，我找到礼物啦！"

当她拿着礼物冲出卧室的那一刹那，我相信，她的喜悦，已经淹没了没有圣诞老人的失落。

适当享受孩子的照顾

懒妈妈的幸福　9岁

我斜躺在沙发上看书,看见安朵拉开冰箱找饮料,突然我也觉得口渴,赶紧对她说:"小小,帮我拿罐芒果汁。"

她走到我身边,递给我一罐芒果汁,我皱着眉头去拉拉环,怎么也拉不开。

"唉!"她叹口气,一把从我手中抢过易拉罐,说:"给我!"

"哧——"她用手指轻轻一提拉环,易拉罐就打开了。她很自然地递给我,接过易拉罐的那一刹那,我的心中开出了一朵幸福的花。

当安朵一天天长大,我也一天天"变懒",我享受着做一个懒妈妈的快乐。

"小小,把我拉起来!"

"小小,帮我晾衣服!"

"小小，我饿了，帮我做一个鸡蛋热狗哦！"

……

我是一个"懒妈妈"，我喜欢在孩子面前示弱或撒娇，我喜欢让孩子施展她百分之百的才能，我喜欢看她比我"厉害"时流露出的成就感。每一次，享受完她对我的照顾和宠爱，我都会给她"甜言蜜语"的感谢。

我想不明白为什么有些妈妈一定要在孩子面前表现出自己无所不能呢？反正我只想做一个懒妈妈。

欣赏孩子喜欢的音乐

走进孩子的世界 9岁

那天登上 QQ，突然跳出一条消息："粉嘟嘟为你点了一首歌，快去收听吧！"粉嘟嘟是我给安朵在 QQ 上的命名。她居然会给我点歌？这无疑让我惊喜。

我赶紧点开链接，是一首曲调轻快的英语流行歌曲，虽然我一句也没听懂，但是心里还是欢欣的，有多久没有人为我点歌了？应该是 20 年前吧，那时候没有网络，电视节目也很单调，最喜欢听电台的点歌栏目，不管是谁为谁点歌，谁为谁送上祝福，都觉得格外温馨。有一次，有人为我点歌，那一刻觉得全世界都融化了，后来又反复听重播，听播音员口里念出我的名字，一次次确定它的真实性，脸红心跳地猜想是谁为我点的歌，点这首歌的含意是什么。

20 年后，终于又有人为我点歌，而这个人是我可爱的女儿。我也赶紧为安朵点了一首歌曲，只不过是我喜欢的老歌。

"亲爱的粉嘟嘟，这是妈妈喜欢的歌，妈妈觉得很好听哦，希望你也喜欢。"

可安朵并不喜欢我点的歌，她说："妈妈，我不喜欢听那些软绵绵的歌，我喜欢听节奏快的电子音乐，你应该学会听这些音乐，这才是现在最流行的！"

"可是我一听这些流行音乐啊，就觉得闹哄哄的，头都快炸了！"

"唉！"安朵摇摇头，叹口气说："其实是你听不懂歌词，如果你能听懂歌词，就不会觉得闹哄哄了！"

两代人听的歌曲确实是不一样的，但歌曲带给我们的快乐和享受却是一致的。无论如何，我喜欢和安朵分享爱听的歌，即便我听不懂，但我至少能走进她的世界，感受着属于她的快乐。

和孩子在夜色中散步

"妈妈，来追我" 9岁

当夕阳褪去最后一抹余晖，白天的燥热渐渐散去，喧嚣的城市变得空旷、宁静，增添了悠然的气息。星星点点的灯火宛如活泼顽皮的精灵，晚风习习，夜色正浓。晚饭后，我喜欢带着安朵在这样的夜色中散步。她穿着旱冰鞋，时而冲向前方，时而折回来扑到我的怀里。我慢慢地走在她的身后，注意着她的安全。晚风吹起她的长发，她脚下生风，身轻如燕，享受着"飞翔"的快乐。

"妈妈，来追我！"

有时，我会跟随安朵的呼喊小跑上去，抓住她，笑着和她融化在夜色中。

道路两旁的绿化带，散发着泥土和草的芳香，混合着夜的气息，是那么醇，那么厚。微风徐来，树影婆娑，各色小花热情地盛开着，淡淡的清香，弥漫在整个夜空。

三三两两的行人或在小径散步，或在广场做着各种健身运动，每个人都是放松的，享受着这心旷神怡的夜色。

　　这样的夜晚，这样的心境，所有的烦恼忧愁都烟消云散，所有的困惑怅惘都解脱释怀。

　　"妈妈，快来追我哦！"

　　看着穿着旱冰鞋像风一样飞奔的小姑娘，我微笑着奔向她，去拥抱她的快乐。

考试后轻松的聊天

东方不败　9岁

安朵拿数学测试卷回家，有一题漏看了一个数字导致错误。我说："以后要仔细点儿审题。"

一向爱面子的她马上说："这道题很多同学都错了。"我实在不喜欢她为自己的错误辩解，于是认真地说："那你可以争取不成为其中一员。"没想到她满不在乎地说："没事儿，凡事重在参与！我和大家一起接受了惩罚。"她用"惩罚"来转移话题，果真奏效，我不禁好奇，睁大眼睛问："什么惩罚？"她说："老师让做错了这道题的同学站起来全部向后转。""为什么呢？"我很不解。"老师说暂时不想看到我们的脸，但一会儿，老师气消了，就让我们转回去了。"

我忍不住大笑起来，觉得他们老师的惩罚方式也蛮可爱的。

见我心情不错，安朵叹口气说："只不过因为这道题错了，我没有考100分，没有得到印章有些遗憾。"

　　我最反对100分的魔咒，于是反过来安慰她："没关系，一个人的一生总会有成功和失败，没有谁能永远成功。"她却双眼一瞪说："有。"

　　我问："谁?"她甩甩头发一亮相，嘴里飘出四个字："东方不败。"

钻戒

朵朵：妈妈，你手上的钻戒好小哦！

妈妈：是啊，你长大后会给我买大钻戒吗？

朵朵：多大的钻戒才算大呢？

妈妈：1 克拉就算大了吧！

朵朵：那我给你买个 50 克拉的，好吗？

10～12 岁

成长

陪伴是理解，让孩子愿意与你交流

　　10 ～ 12 岁，是孩子迈入青春期的前奏。青春期前，孩子的荷尔蒙激增，孩子独立意识增强，他们渴望自己掌控自己的生活，内心独白是："我长大了，我要自己做主。"这一时期的孩子，已经可以较实际地评估自己和评价他人，他们开始有了一定的判断能力，但因为阅历和经验往往还无法跟上，所以他们也会有内心的挣扎与矛盾，也会容易判断失误，出现问题甚至走上歪路。因此，这一关键时期，父母的陪伴要建立在理解孩子的基础上，而理解孩子的首要条件就是要懂得如何与孩子交流，了解孩子的真实需求，让孩子愿意告诉你他内心的真实想法。

　　安朵在这一阶段开始迅速长个子了，到了小学六年级已经比我高了。她不再喜欢出去玩，更多时候，喜欢宅在家里，哪怕嘴馋了，也只是自己拿起手机点个外卖。有一段时间，对于她依赖手机这件事我也感到很揪心，不知道对她太过放任会不会影响她的健康成长。后来，我观察，她用手机的主要目的，就是在欣赏目前最流行的歌舞。毕业前她带着两个好朋友，自己编了个舞蹈，并且在毕业晚会上演出，得到了大家的一致赞赏。

　　我开始在她面前表现出我的好奇，当她看手机视频的时候，我有时会凑过去和她一起看，并且问她："这是哪个组合的歌啊？还不错耶。"她会开心地跟我分享她为什么喜欢这个组合，喜欢里面的谁谁谁。之后，只要有这个组合的新歌或者新的 MV，她都会第一时间叫上我一起欣赏。

我感觉，我们的生命已经慢慢开始交融了，以前，都是我牵着她的手引领她走进我的世界，现在，轮到她打开门，欢迎我进入她的世界。也许这就是亲子关系最美妙的轮回吧！

　　夜谈，也是我们这段时间每天的必修课。

　　每晚睡前，是安朵最为放松的时刻，她会卸下所有的伪装，打开话匣子，告诉我很多她的所见所闻所想。如果她讲的事情，恰好我小时候也经历过，我也总是会告诉她我当时是怎么想怎么做的，结果如何。安朵非常愿意听我讲我童年的糗事，是啊，谁小时候没做过一些傻事儿、糊涂事儿甚至小坏事儿呢？其实，孩子们都喜欢真实的父母，父母完全无须在孩子面前塑造"完美"形象，相反，让孩子了解你的过去、你的成长历程，不但能用事实引导孩子，还能得到孩子更多的爱与信任。

　　孩子在成长，成长的每一天都有微妙的变化，很多孩子到了青春期，变得难教育，变得捉摸不透，脾气古怪，家长们往往会宽慰自己说："是因为孩子到了青春叛逆期了。"其实，很多青春期的问题都是在 12 岁之前埋下的，只不过因为这一阶段，多数孩子顺应老师和父母，即便是有不满情绪，也只会埋在心里。但一旦孩子进入初中，他的自我意识更加强烈，内心积聚的不满越来越多，无处释放，对父母和老师的抵触情绪也就产生了。

　　如果在孩子 12 岁前，父母能和孩子建立起一种平等和谐的相处方式，孩子在父母面前能放松心态，无所不谈。那么，孩子的"青春叛逆期"，父母其实是很难察觉到的。

那父母该如何走进孩子的心，了解孩子，让孩子愿意与你交流呢？

找到孩子的兴趣点是打开孩子心灵的钥匙。

每个孩子都有自己的兴趣，有些兴趣会遭到家长的排斥，造成亲子关系的紧张，甚至发生冲突。但真正聪明的家长会利用孩子的兴趣，拉近和孩子之间的距离。例如看孩子喜欢的书，玩孩子喜欢的游戏，了解孩子喜欢的偶像，听孩子喜欢的歌……孩子一定会把你当作他最信任的人，向你敞开心扉，无所不谈！因为孩子觉得你和他有共同的兴趣点，他也会和你产生更多的共识，从而认同你的观点，乐于服从你的安排。这和孩子在强制下的服从是完全不同的。孩子长期在强制下妥协，内心会积聚很多的不满，不但不会告诉家长，终有一天还会积聚爆发，后患无穷。

这一阶段的孩子除了需要家长的理解和陪伴，他们也会从内心评价自己的父母，好父母从来都是孩子心中的榜样，别忘记：你的眼界和兴趣决定了孩子真正的生活品质，你的努力和追求会带给孩子潜移默化的影响。所以，在陪伴孩子的同时，走好你自己的人生路，也是对孩子最好的引导。当你有自己的工作、自己的朋友、自己的生活圈子、自己的兴趣爱好……才能对孩子产生积极的影响，获得孩子的尊重。

良好的亲子关系中，父母和孩子都应该是独立的个体，有着各自的生活轨道，但当轨道遇到重合点，就需要双方的妥协或忍耐，有时你迁就他，有时他融入你。高质量的陪伴应该落实在吃饭、穿衣、睡觉、聊天……每一个平常的瞬间、每一件温馨的小事中。和孩子过日常的生活，并在日常生活中不断丰富孩子的情感世界，父母和孩子才能互相了解，彼此成长，获得稳稳的幸福。

让孩子了解家族历史

我就是我　10 岁

临睡前，安朵突然问我："妈妈，为什么我要跟着爸爸姓王不跟着你姓饶呢？"我愣了一下，这个问题如果要解释清楚太复杂，所以，我只好对她说："孩子随爸爸姓，这是中华民族的传统伦理规则，一代一代这么传承下来的。"

"哦。"她似懂非懂地点点头说，"但是姓王的太多了，我有好多同学都姓王，一点儿也不特别。"

"谁说不特别？王姓是中国最古老的姓氏之一，从古至今，很多名人都姓王，王羲之、王安石、王维……还有现在的明星王菲、王力宏……你姓王应该很骄傲才对啊！"

听我这样一说，安朵甜甜地笑了。然后，她又好奇地问我："可是我们一家人中，为什么外公出生在成都，外婆出生在自贡，你又说你出生在宜宾，你又怎么会和爸爸认识呢？

姨妈怎么又会去江苏呢？"

　　看她这么好奇，我就给她认真讲了讲我所知道的家族史。她听得很认真，听完后还掰着手指说："我要捋一捋，外公从成都分配到宜宾，外婆从自贡也分配到宜宾，然后他们认识结婚后生了姨妈和你，然后你们俩长大了，一家人去了自贡，你们又长大了，姨妈毕业后去了江苏，你在自贡当了老师，认识了爸爸，然后你和爸爸结婚有了我，接着，外公和外婆退休后回了成都，姨妈一家和我们一家又来到了北京，对吗？"

　　我连连点头说："对对对，你捋得非常清楚。"

　　她似乎还意犹未尽，继续质疑道："可是妈妈，你为什么不直接来北京再结婚呢？"

　　"如果我直接来北京就不能认识你爸爸，也就没有你了。"我抚摸着她的额头说。

　　"不对不对，还是会有我的。"她固执地说。

　　"怎么可能！你的身体里流着我和你爸爸的血液，如果我没和你爸爸结婚，和另外的人结婚，生的小孩肯定就不是你，会是另一个小女生或者是个小男生。"

"不管是谁，反正那个小孩儿也是我！"

我笑了，说："真的不是你，你长大了就明白了。"

"就是我就是我就是我，总之你生的小孩就是我。'我就是我，是颜色不一样的烟火，天空海阔，要做最坚强的泡沫……'"她索性动情地唱起了歌。

"好，是你是你是你，妈妈生的小孩儿一定是你，快睡吧！"我最终妥协了，亲吻她的额头，她才满意地闭上了眼睛。

后来我想，安朵如此坚定地认为无论我和谁结婚，生的小孩儿都会是她，那是因为她对我的依恋和爱吧，至少证明我在她心中是一个好妈妈，无论家族历史如何改写，她是我的女儿这一点，绝不能被改写。如此想来，我也释然了，为什么要反驳她呢？就让她这么认为吧，因为历史已无法改写，这辈子，她注定是我的女儿。

和孩子一起整理衣橱

恋恋衣缘　10 岁

我将衣橱彻彻底底地收拾了一番，每一件压在橱底的旧衣都有一段回忆。看着它们：哦，这件橘黄色横条毛衣是那年在南京买的，喜欢了好几年，穿上它，正如穿上了阳光；那件浅蓝色的休闲衣是和朵爸第一次相识时穿的；还有这件长长的厚呢裙，是我过 20 岁生日时姐姐送的；那套碎花棉布裙上，依稀留着直发的清香；灰色的套裙、工装式的背带裤、彩色的衬衫、各式各样的裙子、长长短短的牛仔裤……所有的曾经、所有的记忆原来都可以被这些尘封已久的旧衣唤起，原来这般不经意，又这般清晰地记得，上面留有我芳香的青葱岁月，刻着那年时光的烙印，一件一件，从暗处跳进来，欣然将往事翻开，试图让我嗅一嗅它们的味道。

"妈妈，你在致你终将逝去的青春吗？"

安朵不知何时出现在我身边，调皮地说。

"你也来致一下你终将逝去的童年吧！"

我从衣橱的最下面拿出一个布袋子，打开，里面全是安朵小时候的衣服：刚出生时的贴身内衣、几个月大的连体衣、两岁时她最喜欢的白色公主裙，还有那件她穿起来十分帅气的红色小西装……

安朵好奇地抚摸着这些小衣服，不相信地说："这真是我穿过的吗？我有那么小吗？"

"当然，你看，你几个月大时，我最喜欢给你穿这件碎花连体衣，看起来可爱极了。这条小裙子是你第一次做花童时穿过的，还有这条淡蓝色的蓬蓬裙，是你在幼儿园时上台表演时穿过的……"

"妈妈，你留下这些衣服还有什么用呢？我都不能穿了啊！"安朵很不理解。

"因为妈妈觉得，每个人和自己的衣服都有一段缘分。这些衣服装满你童年的回忆，我准备在你成长的每一年都给你珍藏一件衣服，待到你老时，回忆和它们相关的故事，应该是很有意思的事情吧！"

衣服，从不言语，

但它却默默记得，和你遇见的甜蜜。

打开你的衣橱，

寻找那些过去的故事。

衣服的记忆，

从来不会欺骗你。

让孩子了解父母的爱情

回忆过去　10岁

朵爸加班后回家吃晚饭，我坐在餐桌边陪着他，看着桌上简单的饭菜，我突然想到了过去和朵爸谈恋爱的时光。我无限感慨地对朵爸说："想起我们谈恋爱那会儿，你就是给我做了一顿饭，让我对你颇有好感。"

"回忆过去——痛苦的相思忘不了……"正在这时，安朵从我身后冒出来紧皱眉头，伸开双臂，动情地唱道。

我和朵爸顿时笑喷。

在欢笑的同时，我也有些许失落。看着身边的安朵，已不再是那个被我紧紧抱在怀里的、柔软的小婴孩。她已渐渐长大，能用自己的心去体会成人的世界了。而我，再也回不到过去的青春时光。于是，我有些伤感地对她说："女儿，妈妈真不希望你长大，因为，你长大了，妈妈就老了。"满以为她会安慰我一下，会说"妈妈，你依然年轻！""妈妈，你在我心中永远漂亮"之类的话，没想到她非但没安慰我，反倒撇撇嘴巴说："妈妈，我不长大，你一样会老耶！"

享受坐公交车的感觉

心平气和的等待 10岁

很喜欢坐公交车的感觉，如果路途遥远又不着急赶时间，我一定会和安朵选择坐公交车。

我们喜欢坐在车厢的后面，如果能有靠窗的座位，那将是最幸运的。

随着汽车的前行，街景的滑过，我们的心情也渐渐平静下来。我和安朵会一人塞一个耳塞，听一些喜欢的歌曲。当公交车开到车流少的地方时，车速偶尔会加快，风从窗口呼呼地吹到脸上，看窗外葱茏的树影掠过，那样的时光，是一天中最放松的。即使周围再嘈杂，也在音乐的掩盖中变得安静。有时，遇到路况不佳，车厢颠簸，安朵便会冲我一笑，小声说："妈妈，好像在坐过山车。"如遇华灯初上，满眼灯火阑珊，窗外来来往往的车，停停靠靠的站台，上上下下的人们，似乎都变成了故事的背景，只有我和安朵，是故事的主角，要奔向我们的目的地，终点还远，我们可以心平气和不骄不躁，耐心地等待，这样的等待是安然而美丽的。

让孩子当你的造型参谋

上头条　10岁

我是一个爱漂亮的妈妈，每次有活动之前，我都喜欢对着镜子试穿衣服，比较怎样搭配才好看。

"小小，你帮妈妈参谋一下，这一套好看吗？"我问安朵。

她趴在床上玩游戏，抬起头看我一眼，皱着眉头摇摇头说："显胖。"

我又换了一件黄色的西服搭黑色的长裤，她还是摇头："太胖！"

我再换了一条显瘦的连衣裙，她依旧摇摇头说："太胖了！"

我又换了一套红色的套装，她还是说："不行，很胖！"

…………

我几乎快绝望了！说："怎么每一件都显胖啊？难道我最近真的长胖了很多吗？"

为爱漂亮的妈妈当造型参谋

算了，不管了不管了，我随便套了一件普通的黑色连身裙，为了增加点儿亮色，我从抽屉里找到了前些日子买的一个亮闪闪的发卡，别在头发上。我对着镜子左照右照，自我感觉十分良好。

　　"小小，这样好看吗？"我还是想得到小家伙儿的认同。

　　她看我一眼，叹口气，幽幽地说："明天微博头条，中年妇女强扮小清新。"

说说学校那些事儿

世界上最遥远的距离　10岁

夏天，参加完安朵的家长会，我的衣服已经被汗水浸湿了。教室里虽开着空调，但还是觉得闷热。回到家，我对安朵说："你们教室里挺热的！"

"是啊妈妈，今天开家长会，老师才舍得开空调，平时老师都不开空调的！"安朵抱怨道，"老师太节约了！空调只是装饰！"

"老师节约也没错，节约是我们国家的传统美德嘛！"在安朵面前，我从来不会说老师的不是，况且我觉得那个教室开空调也不见得凉快。

"唉！"安朵叹口气，一只手臂伸向远方，充满诗意地说，"世界上最遥远的距离就是看着空调在前方，它却不开。"

我笑了，很喜欢她用这种幽默的方式来结束一场抱怨。人生的路上，总会有太多的不如意，与其事事抱怨，不如调整自己的心态，用乐观豁达的态度去对待那些不如意的事。这也是我应该努力做到的。

和孩子聊聊她的心愿

生日愿望　10 岁

安朵快 10 岁啦！在她睡前，和她聊起她的生日愿望，她想了很久，说："我好像没有什么特别的愿望哦！如果非要说一个的话，就要一双鞋吧！"

这么简单？

我想和她开个玩笑，就说："如果把你变到一个大富人家，住大别墅，有私家游泳池，有专车配司机送你上学放学，还有一个房间，专门用来放你的鞋，起码有上千双漂亮的鞋，那多好啊！"她腼腆一笑，拉起被角遮住半边脸，摇摇头说："还是不好！"

"为什么不好呢？"

"钱太多了，也不好吧！况且大富人家多半没有自由，要学这样学那样，你们一定要忙着赚钱，也不会陪我。"

10 岁的安朵已经有了最初的价值观以及对生命的感悟。她一直以来都是一个有主见的孩子，从不羡慕别人，也很少向他人索取。她最喜欢的就是鞋子，"每个女孩都应该有一双好鞋，这双好鞋能带你去最美的地方，遇到你最爱的人"。我愿意给她买她喜欢的鞋子，并且相信，有一天，她的漂亮鞋子也能带她去最美的地方，过她想要的生活。

周末和孩子宅在家里

最真实的我们　10 岁

"妈妈，该吃早餐了。"

安朵不知何时趴到我身边，用手指扒开我的眼睛，我伸了个大懒腰，说："今天是周末，让我再睡一会儿吧！"安朵掀开我的被子，拍拍我的脸说："那好吧，再让你睡 5 分钟。"

阳光透过窗帘，漫进了房间，我翻了个身，肌肤软得好似要融化。

5 分钟后，安朵准时来报时了："妈妈，时间到了，起床了！"

我闭着眼睛，伸出软绵绵的双手，安朵使劲把我拉起来，我又倒下去，顺势把她拉进怀里嬉笑。

"今天准备怎么安排啊？"我问她。

"哪里都不想去，就想在家里待着。"她说。

在家里，安朵喜欢光着脚在地板上奔跑，喜欢从沙发上跳到地毯上，喜欢去翻寻很久不玩的玩具，喜欢在露台上跳绳，更喜欢随手可以拿到的零食。

　　在家里，我喜欢踩着靠垫走路，喜欢抱着咖啡杯窝在沙发上看那本总也看不腻的小说，喜欢对着镜子一套一套地搭配衣服，喜欢追着安朵喊："穿袜子，穿袜子……"

　　在家里，我们可以随心所欲，可以天马行空，甚至不知所云，无厘头搞笑，但我知道，那就是我们，最真实的我们。

和孩子打破一次常规

在大雨中奔跑　11 岁

和安朵从商场购物出来，发现下大雨了，放眼望去，城市笼罩在一片烟雨蒙蒙中。大家都站在商场门口的雨棚下等待着，不知道这突如其来的大雨什么时候才可以停歇。

安朵提醒我："妈妈，我们还要在下午 4 点之前赶到电影院。"

"如果雨不停，我们今天就不看电影了，改天看也是可以的。"看着茫茫大雨，我决定放弃看电影的计划。

安朵不乐意了，拉拉我的手说："妈妈，我们冲出去吧，冲到马路边打出租车。"

"那不行，这么大的雨，一冲出去，我们俩都会被淋成落汤鸡的，说不定还会感冒、发烧……再说，我们也不一定能打到出租车。"我实在不能答应安朵这种疯狂的请求，虽然我爱她，但是作为一个妈妈，我不得不首先考虑到孩子的健康。

"谁说淋雨就一定会感冒呢？妈妈，我们试一试吧！你不是经常说，偶尔要敢于打破一下常规吗？"安朵的声音如此甜美，她紧紧握着我的手再次恳求道。

我看着茫茫雨帘，内心挣扎着要不要打破这样的常规。

"妈妈，就这么愉快地决定了吧！"安朵看我没有反对，索性不容我再思考，拉住我的手，冲进了雨中。

豆大的雨点顷刻间落在我的头上、身上，打湿了我的衣衫。坑坑洼洼的路面积满了雨水，点点滴滴的水花肆无忌惮地溅起，拍打着我的小腿。身边的安朵却欢快地笑着，她的笑声让我想起我小时候，每当下雨时，我也最不喜欢打伞，喜欢在雨中奔跑、嬉笑，觉得自己很勇敢。

我的脚步突然变得轻快了，我紧紧拽着安朵的手向马路边奔去，所有的担心、忧虑，他人奇怪的目光都变得不再重要了，毕竟能牵着孩子的手奔跑在大雨中，一生中又能有几回呢？不如趁此机会，好好享受大自然的洗礼吧，相信一切都是最好的安排。

　　果真，当我们冲到马路边时，一辆出租车就停在了我们的面前。

　　"我们运气真好！"我抽出纸巾帮安朵擦拭头发，她也帮我擦着衣服上的雨水。

　　"所以说，你应该相信我，不试一试怎么知道不行呢？"安朵开心地说。我望向车窗外，雨还在下着，但灰蒙蒙的天空似乎明亮了许多，一米阳光透进玻璃，照进了我的心房。

牵着孩子的手，

在雨中奔跑、嬉笑，

一生中又能有几回呢?

做孩子的发型师

发丝缠绕的温柔　11 岁

安朵喜欢留长发，但她从小就不喜欢去理发店，每一次，她的刘海长了，都是我在家用剪刀给她修剪。慢慢的，我成了她的御用造型师。有时帮她洗发时，理着她杂乱的发丝，我会有些不耐烦地说："能把头发剪了吗？这样洗起来很累的耶！"

"不！"她总是一副誓死捍卫长发的模样。

都说三千烦恼丝，但烦恼的人是我不是她。因为她的头发长而多，不仅洗起来困难，每次洗完都得用电吹风吹干，为她吹头发自然成了我这个造型师必不可少的任务。

首先，吹之前，要把她长长的发梳顺梳直，吹发时，电吹风的档位不能太大，风的温度要适中。都说女儿像父亲，但安朵的头发偏偏像我，又细又柔，她那纤纤柔柔的发丝穿梭在我的手指中，随着风筒送出的微风，像清波荡漾在我的指尖。那一刻，我所有的不耐烦都荡然无存了，这样一个小丫头，有和我一样柔软的头发，有和我一样永远偏爱长发的情结，甚至有和我一样略显蓬松的自然卷，我有什么理由阻止她留长发呢？

为安朵吹发时，也会想起我小时候，妈妈就是这样为我吹发。我坐在椅子上，妈妈站在我身后，一手握住电吹风，一手挑起我又多又细的发丝。记忆中，妈妈总是很耐心，从来没有抱怨过我的长发。最喜欢的是，妈妈挑起我全部的头发，用电吹风轻吹我的后脖颈，一阵温暖袭来，我总是特别享受那样的时刻。

如今想来，爱就是这样，如同流水般温润流长，纵然时间变了，空间变了，但妈妈对女儿的爱亘古不变。也许有一天，安朵也会为她的女儿吹着细细的长发，那发丝缠绕指尖的温柔，一定会让她想起我。

和孩子徒步远行

走远远的路　11 岁

我们一家徒步出行。回家的时候，我和安朵已经被家人远远地抛在了后面。我拖着疲惫的身子，双脚灌铅，随时想就地而坐。安朵不停地催促我："妈妈，快点儿，我们去追上爸爸和爷爷奶奶。"我无力地摆摆手对她说："你去追吧，别管我了，我实在走不动了。"

安朵不愿丢下我，她拉起我的手试图拽我向前，可是我的身体如此沉重，她根本拽不动。这时，她说："妈妈，我有一个方法，可以很快追上他们，但又不会感觉累。"我苦笑了一下，我根本不相信她有什么方法，我现在只希望有一辆车载上我飞奔回家，让我躺在舒服的床上。

安朵握紧我的手说："妈妈，你听着我的口令和我同步走哦！一……二……一……"她喊得很慢，我已没有思考的力气，很自然地跟随着她的步伐。"一二一……"她渐渐加快了节奏，我瞬间识破了她的"诡计"，忍不住笑了起来，见我笑了，她喊得更快了一些："一二一，一二一……"不知为什么，那一刻，我像一个听话的孩子，跟着她的口令快步向前，进而变成小跑，我的身体突然没有那么沉重了，脚步也变得轻快，我们一路嬉笑着追上了家人，甚至还超过了他们。原来，最使人疲惫的往往不是道路的遥远、脚步的沉重，而是自己内心的郁闷，当你的心情变得愉悦，那曾经觉得难以抵抗的疲累也会莫名地消失了。

偷拍孩子成长的点滴

照相　11岁

　　当安朵还是小不点儿的时候，特别喜欢照相，无论何时何地，无论是真相机还是假相机，只要对着她说："朵朵，照相。"她准会立即摆好 pose，盛开标准的笑脸，很专业的模样。有一次，安朵生病住院，我报了保险公司，保险公司的叔叔来医院给她拍照留底。她当时正在挂水，一听到拍照，立马来了精神，头一歪，笑若桃花，眼睛变成弯月亮，手比着"V"的姿势放在脸旁，保险公司的叔叔也忍不住笑了。

　　可不知从什么时候开始，安朵突然不再喜欢拍照，一见到镜头就躲，非常抗拒。我第一次带她去北京看天安门，想给她拍照留念，她死活不肯，在天安门广场和我怄气，气得我当时就想把相机摔碎。我问她："假如你以后当妈妈，你想给女儿拍照，女儿不配合，你会怎么办？"她镇定地说："她不想拍我就不会给她拍，拍不拍照是她的自由。"

好吧，我承认当时我无言以对。从那以后，我不再勉强安朵拍照，但我会偷拍她的每一个瞬间，请原谅一个当母亲的苦心，因为我实在不想错过她成长的精彩。我发现，偷拍的照片其实比让她摆拍更加自然，她的一颦一笑、一举一动都是不加修饰的美。我为自己的作品而得意，有时候也会偷偷发到朋友圈和大家分享。

当然，安朵心情好的时候，也会主动拍照，自拍各种"非主流"的动作和表情。有一次，我无意中看到她的手机里有一张她的背影照，她的小表姐为她拍的。照片中，她穿着裙子，长发垂腰，正拾级而上，微风将她两侧的头发轻轻扬起，也许是因为角度的关系，照片中，她身形修长，纤腰细细，气质脱俗，那一刹那，我竟呆住了，什么时候，我身边的小小姑娘已经长成了一个飘逸的少女？

偷拍比摆拍更自然，

什么时候，

我身边的小小姑娘，

已经长成了一个飘逸的少女？

抽时间接孩子放学

惊喜 11岁

因为工作的关系，我很少有时间接安朵放学。有一次，我想给她一个惊喜，故意不提前告诉她，而是在她放学的时候，悄悄地等在了她学校的门口。

终于在涌出校门的孩子中，看见了安朵熟悉的身影，我使劲向她挥手，希望她能看见我，然后惊喜地奔向我。但是，她瞥了我一眼，还是不慌不忙地走着，异常淡定。

她走到我身边，我张开双臂夸张地问她："没想到是妈妈来接你吧，是不是很 surprise（惊喜）？"

她一脸不屑地说："有什么好惊喜的，谁来接我都一样，再说，我老早就看见你肥胖的身躯了，你还对我挥手呢，生怕我认不出你似的。"

原本想给她一个惊喜，却换来她这没心没肺的话，我真是拿她没辙，什么时候，这丫头竟变成一个毒舌，总是喜欢打击我？

我牵着她的手往前走，碰到她的几个同学，她们看见我倒是很意外，小声问安朵："是你妈妈吗？"安朵点点头。

"你妈妈真漂亮！"

哈哈，这句赞美可被我听到了！

同学走后，我高兴地对安朵说："瞧，谁说你妈胖了？你同学都夸我漂亮呢！"安朵撇撇嘴巴，说："那是因为她们没看到你的正面，你的正面就会暴露你的大脸。"

我满心欢喜地来接她，不仅没换来她的热情呼应，反而被她浇了个透心凉！明明是这样"凄凉"的收场，可从这以后，安朵总是会隔三差五地对我说："妈妈，今天你来接我放学吧。"

"为什么？你不是不在乎谁接你放学吗？"我故意问。

她嘻嘻一笑，黏着我说："还是你来接我放学比较好哦！"

　　原来她还是喜欢我去接她的，虽然她在外面表现出一副满不在乎的模样，但她的内心还是期待我给她的惊喜。看来以后我不能轻易被她的表象所迷惑，如果她真正想的是什么，要的是什么，我都能准确地判断，那我才算是一个"伟大的妈妈"。

做孩子友情的后盾

友情的力量　11岁

自从安朵转学到北京后，她和她最好的闺蜜分开了，那是个很可爱的女生，和安朵同姓"王"，平时，她们都亲切地互称对方"王王"。临别时，那女生送了安朵一个音乐盒，还写了一张卡片，卡片上写道：

王王：

希望你以后看到这张卡片就会想起我，想起我们在一起开心玩耍的时光，想起我们的秘密基地，我们是一辈子的好闺蜜。

你的王王

短短几行字竟让为娘的我看得瞬间泪湿。

暑假，安朵突然告诉我，她的小闺蜜要在暑假过生日了，邀请她回老家。

"你想回去吗？"我问安朵。

她点点头。

"但爸爸妈妈要工作，不能陪你回老家，只有爷爷奶奶陪你回去哦！"

她再次点点头。在这之前，她曾经说过，没有我陪她，她是不愿意回老家的，而现在她突然改变主意，我想没有别的原因，这就是友情的力量。

"好吧，妈妈给你订机票。"

这看似简单的决定其实并不简单，就连朵爸也无法理解我为什么要迁就安朵。送安朵回老家，必须要两个老人陪同，且不说暑期高峰来回昂贵的机票费，还打乱了我们原本的旅行计划，而且，这一番折腾回去没有别的事情，仅仅就是为了那一天安朵参加小闺蜜的生日宴会。

不能说我心里没有挣扎，但挣扎是极为短暂的，反正那一刻，我觉得我应该答应安朵。因为我深深知道，年少时的友谊是多么纯真和美好，如果精心灌溉，是可以保持一辈子的，也是最值得珍惜的。想想我现在的闺蜜，也是和我有 20 年以上的交往了。才 10 岁的安朵，能和已经分开的好友维系着这段友情更是多么不容易。作为妈妈的我，即使再爱她，也永远不能代替友谊给她的快乐，但我愿意尽我所能，做她坚强的后盾，帮她加深和好朋友的友谊，这比要求她广交朋友更为值得。

小眼睛和大眼睛

朵朵：妈妈，为什么你是大眼睛我是小眼睛？

妈妈：小眼睛没什么不好啊，小眼睛的人聪明。

朵朵：可是小眼睛和大眼睛看见的世界是不同的，小眼
　　　睛看到的世界永远更小。

妈妈：哪有？你的眼睛虽小，但清澈透亮，你看到的世
　　　界比大眼睛看到的更加清晰漂亮。

朵朵：我以后要找一个大眼睛的男朋友，这样生出来的
　　　小孩儿就是大眼睛了，嘻嘻。

带孩子参加一次大型书展

妈妈的对比照　11岁

　　带安朵去台北看书展，她本做出一副并不太感兴趣的模样。但走进偌大明亮的展馆，看着那些琳琅满目的图书，她还是不自觉地靠近、翻阅起来。因为书中都是繁体字，我悄悄问她："你能看懂吗？"她很不屑地看了我一眼，点点头说："当然。"为了证明她认识这些字，她还指着书上的字一个个念给我听。我其实很惊讶，从来没有教过她繁体字，不知她怎么会认识。

　　很快，安朵便选好了自己喜欢的书，坐在一个角落静静地阅读。而我，也可以自由自在地去挑选我喜欢的书籍。

　　买好书，我和安朵去找饮料喝，经过展馆2楼的走廊，安朵突然停下脚步对我说："妈妈，我帮你在这儿拍张照片吧！"

"为什么？"拎着两大袋书的我此时只想赶紧找个地方坐下来放松一下。但是安朵的回答立刻让我精神焕发。

　　"你四年前来台北书展的时候不是在这儿拍过一张照片吗？你现在又来台北书展了，在相同的位置再拍一张照片，然后将两张照片放在一起对比晒，这是现在网上很流行的做法哦！"

　　"真是个不错的想法！宝贝儿，快给妈妈来一张！"

　　我放下沉重的袋子，倚着走廊的栏杆，对着安朵，展开了一个甜美的微笑。

朵朵：妈妈，我好饿哦。

妈妈：宝贝儿，等一等，很快就吃饭了。

朵朵：可是我快要饿死了耶。

妈妈：哪有那么严重？你想想旧社会那些吃不饱穿不暖的孩子，
　　　你比起他们来，幸福多了。

朵朵：妈妈，旧社会在哪里啊？

妈妈：呃……

体验一次错过

有些错过也是深刻的记忆　11岁

早早定了草莓音乐节的票，安朵期盼这场演出已经很久了。因为其中有她最喜欢的一个女团表演。

谁知满心的期待却落了空。

因为是五一小长假，我们在路上堵车5个小时，等到达目的地，夜幕已经降临了。

更要命的是，从停车场到演出现场还要步行30分钟，有一半还是坑坑洼洼的石子路，等我们精疲力尽到达演出现场时，刚好错过了女团的表演。

安朵拉着脸站在音乐节汹涌的人潮中，我完全理解她此时的心情，长途跋涉，身心俱疲，最后还没有看到喜欢的歌手表演，这是一种怎样的感受？遗憾、难过、失望，但又怪不了任何人……我很想安慰她，但我知道此时的安慰等于零，错过就是错过，再多的安慰也于事无补。况且我自己也累得心力交瘁，想到待会回去还要穿着高跟鞋走那坑坑洼洼的石子路，我的内心几乎是绝望的。

　　回去的路上，安朵的心情似乎已经平复过来，她挽着我走在石子路上，我说："早知道要走这么远的路，我今天就不该穿这双鞋。"

　　"唉，人生没有后悔药。"她像个大人一样对我说。

　　"我觉得我快走不动了。"我的脚被石子硌得钻心般地疼。

　　安朵拽紧我的胳膊突然唱起了一首歌："你挑着担，我牵着马，迎来日出送走晚霞……"

　　我噗一下就笑了，不知道她为什么要唱这首歌。

　　"师傅，我们快赶路吧！"

　　她逗着我，挽着摇摇摆摆的我在夜色中努力前行。

　　错过偶像的表演，我原以为她会抱怨，甚至会发火，但是她只是低落了一小会儿，很快就恢复了元气，反倒给我这个差劲的妈妈打气。

　　我庆幸我没有安慰安朵，没有对她说"没看见就算了，没什么大不了""以后有机会再看"这些无力的话。生活中总是会遇到一些错过，没有错过的人永远也无法体会到错过者的心情，只有尝试过了错过，才懂什么叫遗憾，什么叫未偿所愿。错过不是一种美好的感受，但是正因为错过，有些事才变得难以忘怀，有些瞬间也变得弥足珍贵。

　　也正因为这次错过，我才发现，原来孩子的内心比我们想象中更为强大。

让孩子见证你的进步

学英语　11岁

当我决定要重新学习英语的时候，我才发现上学时学的英语全部还给老师了。现在几乎是"从零起步"。我下载了各种学习英语的 APP，买了相关的书籍，报了相关的英语课程，每天晚饭后定时学习。有时，甚至拿着安朵的英语书都爱不释手。当我用生硬的英语和安朵说话时，她总是会纠正我："妈妈，不对，这个音不是这样发的。""妈妈，我觉得你真是没有语言天赋。"

我倒也不生气，反正我敢说不就是一个好的开始吗？

学了三个月的英语，我们一家去马尔代夫旅行，在岛上，我和服务员用英语交流，口语加手势，也感觉完全没有障碍啊。

"女儿，你觉得妈妈现在英文如何啊？"

她笑笑，说:"是要比之前好很多啦!"

"有个问题我一直很疑惑，为什么我上学时学的好多单词的发音和我现在学的完全不同呢? "我问安朵。

"你上学时学的是英式发音，现在流行教的是美式发音，美式发音比较随意，卷舌较多，英式发音比较简洁，比较 gentleman（绅士）。"安朵告诉我。

"哦，原来是这样。"我点点头。

"妈妈，每个国家的人学英语都有口音的:日本人很难发出 'r' 和 'f'，会发成 'l' 和 'h'，比如'sorry'，他们一般发 'suo li'；韩国人也发不出 r，比如'ice cream'中的'cream'，他们总会念 'ke li mu'；还有印度人说英语就更有特色了，我给你学学啊……"

我像个小学生一样认真听着安朵老师讲课，真的很羡慕现在的孩子，从小就能接受多种多样的文化，世界在他们眼前不再只是一张平面地图，而是可以触摸到的、可以感知的、有温度有味道的存在。

　　"好了，快去好好学英语吧，fighting！"安朵拍拍我的肩。

在网上淘一件有创意的物品

成功的体验　12岁

　　木制的双层文具盒、可以随意扭动的铅笔、爱心煎蛋器、可爱保温杯、独特款式的书包……这些便宜又新奇的小东西，都是安朵自己在网上淘到的。

　　安朵第一次上网购物，是因为买书包。我带她逛了好多实体店，她都没找到心仪的那款书包。于是，我说："要不，我们去网上搜一搜？或许会有中意的。"她点点头，回家就打开电脑进入我常去的购物网站，开始寻找起来。

　　我提醒她，在网上购物，一定不能被图片迷惑，要考虑该店的信誉、买家的评价、发货的速度等，如果想要尽快收到物品，选择同城卖家是最好的。综合我的意见后，她挑选了几款喜欢的书包，最后选定了一款。很快，书包就寄到了家中，实物和我们预想的完全一样，而且比实体店那些书包款式更新潮，价格也更便宜，安朵非常满意！从那

网淘的成功体验

以后，她需要的一些小东西，都喜欢上网去淘，但她绝对不是购物狂，淘每一件东西，她都要反复地思考、对比，仔细研究买家的评论，最后还要询问家庭成员的意见，这并不比去实体店购物轻松，但她却乐在其中。也许通过自己的选择和分辨能买到一件受大家赞扬的物品，这也是一种成功的体验吧！

看一部孩子推荐的电影

欣赏着你的欣赏　12岁

看电影是我们一家人都喜欢的娱乐，安朵小时候，都是我们挑选好适合她看的电影带她一起去。随着她年龄的增长，她不再只是接受我们的安排，更多的时候，她愿意自己先挑选喜欢的电影，然后带着我们去。

这一次，她挑选的是一部《佩小姐的奇幻城堡》。

"这部电影的原名叫《怪屋女孩》，讲的是在一个神奇的城堡里，住着许多奇怪的孩子，他们拥有常人所未有的超能力，领头的便是美丽的佩小姐。佩小姐能变成鸟，城堡里有个男孩能隐身，还有个女孩的大嘴长在后脑勺，可以一下子吞掉整个鸡腿……总之，非常有趣啦！"安朵绘声绘色地给我描述道。

"那会是恐怖片吗？我可不敢看恐怖片。"

"当然不是啦，有一点儿奇幻，有一点儿冒险，但绝不恐怖，相信我，我研究过的电影一定不会差的。"

　　看完电影出来，安朵第一时间问我："妈妈，怎么样？你觉得好看吗？"

　　"不错哦，故事奇思妙想，情节扣人心弦，而且画面特别美。"我说，"下一次我们看什么电影呢？"

　　"等我先研究一下吧！"

　　安朵的脸上随即露出一抹浅浅的微笑，这是被人肯定和欣赏后的笑容，有几分自信、几分满足。

　　欣赏与被欣赏是一种互动的力量之源，懂得欣赏孩子的父母必然是乐观的、积极的、开明的；经常被父母欣赏的孩子一定是自信的、快乐的，内心有所坚持的。

　　正因为我的欣赏，安朵便会为我推荐好听的歌、好看的电影、美味的食物，也会时时刻刻想着我的喜欢。有一次，她从学校图书馆借回一本《了不起的盖茨比》，放在我的面前。

"太棒啦！你怎么知道我一直想看这本书？"我惊喜地问。

"上次听你说过啊，这个还是中英文版本的，你还可以趁机学学英文。"安朵漫不经心地说，脸上依然浮现出那抹浅浅的不易觉察的微笑。

"欣赏者心中有朝霞、露珠和常年盛开的花朵，漠视者冰结心城，四海枯竭，丛山荒芜。"多一些欣赏给孩子吧，欣赏是一种给予，一种支持，一种沟通与理解，一种信赖与祝福。在欣赏孩子的过程中，你也会得到孩子令人惊喜的回报。

夜谈

没完没了地聊天　12 岁

我喜欢在安朵睡觉前坐在她的床边和她聊聊天。

睡前，是她最为放松的时刻，她会卸下所有的伪装，打开话匣子，告诉我很多她看到听到的趣事，她对周遭人的看法。

"妈妈，你知道吗？非洲有一个原始部落，叫唇盘族。那里的女孩长到 10 多岁时，就会穿透下嘴唇，往嘴唇里放盘子，谁的盘子愈大，谁就最美。"

"那该有多疼？"我的心一紧。

"是呢，想起来就很可怕，还好我没有生活在那个民族。"

"妈妈，你还知道吗？国外有一个乐高乐园是专门给老年人建造的，老人可以在里面自由自在地玩……"

"那我老了也可以去吗？"

"可以啊，不过那地方很贵，你要多存点儿钱才可以去。"

"我觉得我们班某某太虚伪，每次知道自己考得好就故意去问比她差的同学'你考了多少分啊'，她考得不好的时候从来不去问。"

"每个人都不是完美的，都有不被别人喜欢的一面，妈妈小的时候也比较虚伪哦，经常回家努力学习，然后第二天告诉同学我没有学习，不过我长大了就自然改变了。接受不同类型的人，你的格局也会变得更大。"

"什么叫格局？"

"简单地说就是一个人的气度、胸怀吧！"

…………

"妈妈，为什么我们聊了这么久？"有时，安朵会突然停下来，故作惊讶地问我。其实我知道她是在享受这样的时刻，她想用她的惊讶换来我惊讶的表情。因为她猜到我也准会睁大眼睛，愣愣地说："是啊，为什么我们聊了这么久？不聊了不聊了！快睡吧！"

"不行，再聊会儿吧！妈妈，我给你讲我们有个老师很奇怪……"这时，她准会笑着拽着我的胳膊，找到更有趣的话题，吸引我聊下去。

没完没了的聊天中，那些她以前从来不会告诉我的事情也会以最自然的方式冒出来，我需要做的，只是倾听、大笑或者震惊，满足她倾诉的快乐。偶尔，表达一下我的看法。

我从来不会担心和安朵无话可说，因为，她知道，我喜欢听她说，无论她说什么，我都喜欢听，并且很有兴趣地听。

逛一家有特色的小店

小艺术家　　12岁

　　阳光甚好的午后，拉着安朵去798散步。她特意换上了一件红白相间，有着几何图案的披肩，在我面前摆了个pose说："是不是很有艺术家气质啊？"

　　艺术区古怪的雕塑、斑斓的墙体涂鸦、大大小小的画室总会让前来的人放慢脚步。但安朵最感兴趣的还是街道旁边的各种特色小店。那些琳琅满目的新潮小物件总是让她久久地驻足、摆弄。她在一个摆放了立体贺卡的展台前停留了许久，看看、摸摸，舍不得放手。那些房子、蛋糕、摩天轮、大桥……色泽鲜艳，栩栩如生地跃然卡纸上！确实比平面贺卡设计精致。我见她喜欢，于是问她："想买吗？妈妈给你买。"她想想，摇摇头说："不买。我是在想它怎么做的，也许我也会做。"

　　我不再问她，也不再催促她，静静地待在一旁等着她。小店的玻璃门开开关关，人来人往，但这丝毫没有影响安朵的兴致。披着红色披肩的她，像一个小艺术家，不言不语，专注在自己的空间里。

几个月后的一天，我见安朵在家里拿着刻刀在一张卡纸上专心地雕刻，我问她："你在做什么啊？"

"纸雕啊！你还记得吗？我们上次去798的时候看见的立体贺卡，我终于知道是怎么做的了！"她头也不抬地回答我。

我恍悟，有些东西，一旦在孩子心里扎根，无论时间长短，总会开出花来。

有些东西，
一旦在孩子心里扎根，
无论时间长短，
总会开出花来。

了解彼此的偶像

"用余生去爱" 12岁

　　我的偶像是张学友，我喜欢听张学友的歌，也去看过他很多场演唱会。虽然安朵小时候常常分不清张学友和刘德华，但是只要有人问她，你妈妈的偶像是谁？她总会立刻答道："张学友！"

　　安朵现在也有了自己的偶像，是一个能歌善舞的女生团体。她不仅自己喜欢，也希望我能喜欢，只要这个团体一出新歌或者新的 MV，她都会拉着我一起欣赏，还会给我解析这首歌所表达的含义。

　　她也很会揣摩我的心思。有时，当我想对她发火时，她总会微闭着眼跷着兰花指在我面前深情地唱张学友的歌："用余生去爱……呜呜呜……你就是我余生所爱……"

　　看到她那调皮的模样，我再生气也会变成开怀大笑。

而我兴致高的时候，也会在她面前跳她偶像的舞蹈，即使我跳得再烂，她也会夸张地赞美道："还不错哦！"并立刻跑到我身边，和我斗舞。

有时，看着电视上那些在机场酒店举着宣传牌追偶像的小粉丝，我也会问安朵："你以后会成为他们中的一员吗？"她摇摇头对我说："才不会呢！我是很理智的，我喜欢她们只是喜欢她们的歌舞，如果有机会，看看她们演唱会而已，这样追也太无聊了吧！"

我很欣慰安朵能这样想，所以，我从不反对她对偶像的喜欢，因为，我也是这么过来的。从最开始，你也许只是喜欢这个人的歌或者其他，到后来，你会发现，偶像的意义在于，当你回首过去，这一个本质上与你并无关系的人，不经意间陪伴你成长了这么久，他的存在，见证了你的青春、你的友谊、你的爱情……和你相互佐证了一段又一段不再重来的时光。

如果，一个偶像的存在，能给你一段丰富的记忆，并且还能把你带到一定的高度，让你遇见更好的自己，那放心、认真、坚持地去喜欢他吧！

和孩子一起规划旅行行程

因为一首歌想去一座城　12 岁

我们家每次出去旅行都不会跟旅行团，对于我们来说，旅行最大的乐趣就是从自己规划开始。

确定目的地，订机票，订酒店，准备旅行必备的物品，计划每天的行程……每一步，虽然都很烦琐，但能收获许多的经验。

安朵小时候，都是我们定好目的地带她去。去任何地方，去玩什么，她都很开心。但随着年龄和阅历的增长，她开始有了自己想去的地方，也会提出一些建议。比如去洛杉矶，她一定要去看"HOLLYWOOD"（好莱坞）的标志牌，也会带着我们去吃有名的汉堡"Shake Shack""In-n-out"；去首尔，她会建议我们去三清洞，说那是最有艺术气息的街道；去云南大理，她告诉我们云南是少数民族最多的省份，在这里一定要吃有名的饵块、饵丝……

所以，我们现在无论决定去什么地方旅行，都会征求她的意见，也会让她提前做好旅行攻略，比如：当地有什么好玩的、好吃的？有什么物品值得买回留作纪念？有什么风景最具特色？有什么风俗需要遵守……

"妈妈，我想去丹麦的哥本哈根。"有一天，安朵突然告诉我。

"啊？为什么？"我不解。

"Copenhagen，Copenhagen girls（哥本哈根的女孩）……"

她唱起来。

"这首歌就叫《哥本哈根的女孩》，其实也没有别的原因啦，就是突然觉得哥本哈根的名字很好听。"她说。

因为一首歌想去一座城，想必很多人都有这样的经历吧！我年轻时听《布拉格广场》，就好想能去布拉格看看；我妈妈那一辈听《莫斯科郊外的晚上》，她一直说最想去旅行的地方就是莫斯科。但很多人也只是想想而已，最终会因为这样那样的原因，不能如愿。正如我直到现在也没去过布拉格，我妈妈也没去过莫斯科。

　　"好吧，妈妈努力工作挣够机票钱，你先抽时间做做攻略呗。"我笑着对她说。然后，我点开订票网站，迅速查了查去哥本哈根和莫斯科的机票费用并告诉自己：一定，一定努力满足妈妈和女儿的愿望吧！

下一站，风景更美

——写给小学毕业的你

亲爱的女儿：

这个夏天，你将结束你的小学生活。

毕业考试的前一天晚上，你手里扬着一只麻辣小龙虾，调皮地对我说："妈妈，今晚我们嗨到几点？"全然没有考试前的紧张。哪像我小时候，一到大考前就紧张，从这一点来说，你完胜于我。

站在我的视角，回望你这六年的时光，总会在记忆的深处，跳出一些零星的片段。

一年级的你，扎着一个歪歪的马尾严肃地走进教室。第一天上课，关于你的"传说"就传到了我的耳边。听说老师抽你回答问题，你站起来一言不发，老师让你帮她做事，你直接说"不"。

那时候同样身为老师的我，虽然有点小小的尴尬，但我始终相信，你是一个外冷内热的小孩，只要遇到火种，就会点燃你的内心。

三年级结束，你从老家转学到了北京。我的职业也发生了变化。我们都一样，必须重新开始新的生活。

我很庆幸，你的适应能力比我预想的强太多。很快，你就跟上了新学校的学习进度，成绩在班里名列前茅。但更让我惊喜的是，你开始愿意去尝试以前不敢尝试的事情。

有一天，你回家对我说："妈妈，我要代表学校去参加区里的演讲比赛。"你说得很淡定，我也很淡定地回答："哦，是吗？那要好好努力哦！"其实，我的心里很惊讶也很激动，要知道，在这之前，你是一个连举手回答问题都不愿意的姑娘。我曾经问过你："你为什么不举手回答问题？"你总是固执地说："为什么要举手回答问题？知道的问题不需要回答，不知道的问题举手也不会啊，举手回答问题真是很无聊的事耶。"

这次演讲比赛给了你很大的自信，在这之后，你开始愿意参加学校组织的各种各样的活动，每学期都拿回许多荣誉证书，塞满家里的抽屉。

其实，这些荣誉证书根本不重要，妈妈看重的是你内心被点燃的热情。这一点，你要感谢你的学校、你的老师，还有班里善良可爱的同学们。只有优秀温暖的集体，才能给予你积极向上的动力，让你相信自己，绽放自己！

毕业考试已经结束，这段时间，你和两个好朋友，在积极准备毕业典礼的节目，每天在家里跟着流行音乐练舞。我原以为你们不过是玩玩而已，节目也不一定会被选上。没想到，突然收到你的班主任老师给我发来的微信，老师激动地说："安朵妈妈，我今天去看孩子们练舞了，安朵虽然平时很安静，但总是会给我惊喜，真的，舞蹈很有意思，你来参加毕业典礼时看到她们的表现，也一定会非常惊喜的！"

我当然相信，你是一个能带给他人惊喜的姑娘，虽然平时高冷沉默，但激情一旦被点燃，就会活力四射。以前，我总是希望你也能像某些姑娘一样，见人微笑，活泼大方。

但现在，我早已想明白了，你就做自己吧，这世上只有一个你，不言不语也好，外冷内热也好，固执坚持也好，你都是独一无二的自己，也是我的唯一。

中学生活即将在你的眼前展开，你将遇到更多的老师、更多的同学，迎接更多不一样的挑战。回想我的初中三年，是求学生涯中最不快乐的三年。所以，我不希望你和我一样，若你能像现在一样继续和我分享你的心事，不管是快乐的还是难过的，我将乐意倾听，也许有些事，我也未必能帮到你，但我至少能成为你倾诉的对象。倾诉，是释放压力很好的方式。别把烦恼堆积在心底，它们会像小怪兽一样吞噬你的内心，我愿意和你一起打败这些小怪兽。

亲爱的女儿，生活从来都不是一帆风顺的，成长的道路上，总是会遇到许多的磕磕绊绊，任何人、任何大道理都不能指引你怎么做，很多事情，唯有自己经历过才会懂。你的人生，必须掌握在自己的手里。正如这一次小升初，我们可以选择派位到以学习为重的重点中学，也可以选择直升以特长为重的艺术中学，我让你自己选择，你选择了后者。也有人质疑你的成绩很好，上这个中学是不是可惜了。但我觉得，你完全不必理会。人生有自我选择的机会，为什么不好好把握？最怕的是不敢选或者选好了，没有勇气走。既然选择了你喜欢的路，就好好走下去，哪怕选择错了，也完全有时间重新来过。人生的路千千万万，每一条路上，都有不同的风景。有时候，觉得累了，走不下去，再坚持一下，说不定前面又是一片天。

有人说，家长不应该和孩子做朋友，这样不能很好地管教孩子。不管别人怎么说，反正我愿意做你一辈子的闺蜜。我愿意听你给我起一些奇奇怪怪的名字，我愿意看你每天宅在家里无限放松的姿态，我愿意听你讲那些世界奇闻逸事，我愿意每天晚饭后，你拿着卡纸追着我说："下面是王老师折纸教学时间。"我愿意你拉着我的手一起重重地倒在床上，开心地问："妈妈，今晚我们嗨到几点？"

…………

　　亲爱的女儿，告别童年，轻松出发吧。下一站，你将走进更美的青春时光，也许明媚，也许忧伤，也许有冒险，也许有遗憾，但这就是青春，允许犯错也允许重来。我愿意陪在你身边，和你一起经历这一路的风景，只要勇敢走下去，你终将会遇见那个你最想成为的自己。

　　　　　　　　　　　　　　　　　　　　　　　　　　　　　　妈妈

给孩子的悄悄话...

R E C O R D

给妈妈的悄悄话...

MEMORY-